阿瑟·米勒 作品系列

The Ride Down Mt. Morgan

驶下摩根山

阿瑟·米勒 著　张悠悠 译

上海译文出版社

目　　录

导　言

美国戏剧的良心：阿瑟·米勒

　　在当代美国剧作家当中，自尤金·奥尼尔于一九五三年逝世后，最受西方重视的当属阿瑟·米勒、田纳西·威廉斯和爱德华·阿尔比三人。阿尔比属于荒诞派之列。米勒和威廉斯则接近现实主义，他俩都在探讨"人生意义"，但两人的创作方法迥然不同。威廉斯以《玻璃动物园》、《欲望号街车》和《热铁皮屋顶上的猫》三剧赢得了国际声誉，是一位斯特林堡式的作家；他侧重情感，注重剖析人的境遇和精神状态，而其笔下的人物也多半是精神上深受压抑或遭到社会排斥的底层人物。威廉斯力求通过剧作来揭示当代美国的社会病态，探讨人生的真正价值。米勒则以《推销员之死》、《萨勒姆的女巫》和《桥头眺望》等剧获得国际声誉，是一位易卜生式的社会剧作家；他着重理智，关怀整个人性。他认为舞台应是一个比单纯娱乐更为重要的传播思想的媒介，应为一个严肃的目标服务。

阿瑟·米勒本人曾说"艺术应该在社会改革中发挥有效作用"[1]，"伟大的戏剧都向人们提出重大问题，否则就只不过是纯艺术技巧罢了。我不能想象值得我花费时间为之效力的戏剧不想改变世界，正如一个具有创造力的科学家不可能不想证实各项已知事物的正确性"[2]。

一

阿瑟·米勒一九一五年十月十七日出生于纽约。父亲是犹太裔的妇女时装商，于三十年代初美国经济大萧条时期破产；母亲是中学教员，为此只好靠变卖她的首饰维持家庭生计，渡过难关。米勒中学毕业后到一家汽车零件批发公司工作了两年，积攒些钱后进入密歇根大学新闻系和英文系学习，开始试写剧本，并两次获得校

[1] 阿瑟·米勒自传《时移世变》，格罗夫出版社，第93页。
[2] 同上书，第180页。

2

内霍普沃德写作竞赛戏剧奖。在校内，他为了获得生活补助金，曾在生物试验室任养鼠员，并在学生主办的校园《日报》社担任记者和编辑。一九三八年，他获文学学士学位，从该校毕业后，一九四一年至一九四四年期间，他在一家制盒工厂干活，后又在海军船坞充当安装技工的助手，同时为哥伦比亚广播公司和全国广播公司撰写广播剧。他还当过卡车司机、侍者、面包房送货员、仓库管理员和电台歌手。一九四四年，他到陆军十一营为电影《大兵故事》收集素材，出版了报告文学《处境正常》，同年《吉星高照的男人》问世，这是他第一部在百老汇上演的剧本。

　　一九四七年，米勒的剧本《都是我的儿子》上演，获纽约剧评界奖，使他一举成名。这是一出易卜生式的社会道德剧，写一家工厂老板在第二次世界大战期间向军方交付不合格的飞机引擎的汽缸，致使二十一名飞行员坠机身亡。他嫁祸于人，虽然逃脱了法律制裁，却受到良心的谴责。最后他认识到那些丧命的飞行员"都是我的儿子"，遂饮弹自尽。

　　接着，《推销员之死》于一九四九年发表，在百老汇连续上演了七百四十二场，荣获普利策奖和纽约剧评界奖，从而使米勒赢得国际声誉。剧本叙述一名推销员威利·洛曼悲惨的遭遇。威利因年老体衰，要求在办公室里工作，却被老板辞退。他气愤地说："我在这家公司苦苦干了三十四年，现在连人寿保险费都付不出！人不是水果！你不能吃了橘子扔掉皮啊！"（剧中一直没有交代他在推销什么，有人问作者，他说："威利在推销他自己。"）威利在懊丧之下，责怪两个儿子不务正业，一事无成。儿子反唇相讥，嘲笑他不过是个蹩脚的跑街罢了。老推销员做了一辈子美梦，现在全都幻灭了，自尊心受到严重挫伤。他梦呓似的与他那已故的、在非洲发财致富的大哥争论个人爱好的事业，最后他为了使家庭获得一笔人寿保险费而在深夜驾车外出撞毁身亡。全剧手法新颖，无需换景，借助灯光即可随时变换时间和地点。剧中现在和过去的事相互交错。这出戏在一定程度上批判了美国的商业竞争制度。

五十年代初，米勒改编的易卜生的《人民公敌》上演，也获得好评。当时美国麦卡锡主义兴起，米勒于一九五三年根据北美殖民地时代的一桩株连无数人的"逐巫案"写出了历史剧《炼狱》，以影射当时非美活动调查委员会对无辜人士的迫害。这一时期，米勒因早期参与左翼文艺活动而屡次受到非美活动调查委员会的传讯。一九五七年，他因拒绝说出以前曾和他一起开过会的左派作家和共产党人的名字而被判"蔑视国会"罪，处以罚金和三十天徒刑，缓期执行，直到一九五八年八月上诉法院才将这一罪名撤销。这一时期，他还写了一出反映三十年代美国职工生活、带有自传性的感伤独幕剧《两个星期一的回忆》和一出反映意大利籍工人在美国的不幸遭遇的两幕悲剧《桥头眺望》。米勒于一九五六年和一九五九年先后获密歇根大学荣誉文学博士学位和美国全国文学艺术研究院金质戏剧奖章。

一九五五年米勒和妻子玛丽·斯赖特瑞离婚，次年与好莱坞名演员玛丽莲·梦露结婚。一九六〇年他把自己的一个短篇小说改编成同名电影剧本《乱点鸳鸯谱》，由梦露和克拉克·盖博主演。一九六一年电影拍摄完成后，两人因性格悬殊而离婚。一九六二年他与奥籍摄影师英格博格·莫拉斯结婚。

一九六四年米勒发表了一出反映现代人在社会上生存问题的自传性色彩相当浓厚的剧本——《堕落之后》。剧情是一名律师昆廷因两次婚姻失败，回忆他和两个离了婚的妻子之间的爱恨交织的关系，以及新近相识的奥籍考古学家霍尔佳给他带来恢复生活信心的希望。剧中还穿插了昆廷回忆自己的父母之间的纠葛，纳粹集中营的惨状和非美活动调查委员会对左翼知识分子的传讯。昆廷经过对生活经历的反思领悟到人类自从亚当犯了原罪堕落之后，就具有犯罪的本能和残杀成性、背信弃义等品质；人只认识到爱是远远不够的，更需要面对生活而无所畏惧。有些西方评论家认为米勒敢于暴露自己的灵魂而写出了一部意义深远的自传体文献，堪与奥尼尔的《长夜漫漫路迢迢》相并列而无愧。但是，剧中的当红歌星玛吉痛恨那些围在她周围的人只知让她为他们挣钱而丝毫不知感恩，并且影响她不能成为一名优秀的艺术家，加上她与昆廷结合后，因性格各异，时常发生碰撞，以致她厌倦生活，最后吞服安眠药自杀。玛吉俨然是玛丽莲·梦露的化身，剧情中也有多处可同米勒的往事相印证，因此有些西方评论家认为米勒在距离梦露死去不到一年半光景就把夫妇私情以戏剧方式赤裸裸地公之于世似嫌不符忠厚之道。例如剧评家罗勃特·布鲁斯就坦称此剧为"一个不足道的剧本，不匀称，冗长乏味而混乱"，并讥讽米勒是"在跳精神上的脱衣舞，而乐队却伴奏着'是我的错'的节奏"。① 米勒本人认为这个剧本一时不易让人理解，但迟早会被公认为他的最佳之作。

同年，他还发表了一个独幕剧《维希事件》，进一步探讨了前一出戏的主题——人与他所憎恶的邪恶之间的关系，人类理智的沦亡和道义价值的丧失。这出戏描写德国法西斯分子在法国维希的一个拘留所里审讯犹太人时骇人听闻的情景。米勒认为大多数观众能理解这出戏不只是一个战争时期的故事，其中根本的争论点同我们当今活着的人息息相关，而且它必然涉及我们每个人同非正义和暴力之间的关系。

一九六五年至一九六九年，米勒连任两届国际笔会主席，曾多次投入拯救被关押的国内外同行的活动，如尼日利亚剧作家兼诗人渥雷·索因卡一九六六年曾被政府当局拘捕，有被处死的危险，就是经过米勒出面营救才得以获释的，后来索因卡在一九八六年荣获诺贝尔文学奖。

一九六八年，他发表的心理问题剧《代价》描写兄

_____

① 《新共和》杂志第150期，1964年，第26—30页。

弟俩因所走的道路不同而产生的隔阂，对当代西方人盲目追求物质生活的现象作了一定程度的谴责。一九七二年他发表的《创世记和其他事业》是一出以漫画手法重述《圣经》中亚当和夏娃以及该隐杀弟的故事。剧名中的"其他事业"涉及当今舞台上追求"噱头"的喜剧。该剧虽是一出轻喜剧，却在每场提出一个哲理问题，如"人在需要正义的时候，上帝为什么继续制造非正义"等。全剧可以说是上帝和撒旦之间关于善恶性质的一场争论，而以《创世记》故事阐明各自的立场。米勒以讽刺的笔触使魔鬼在两者之间显得更具魅力，有时像人类的普罗米修斯，有时又颇像人间狂暴的独裁者。此剧受到西方剧评家的攻击，仅上演了十二场。米勒对此不服，次年又把它改编成音乐剧《来自天堂》，在他的母校密歇根大学公演。米勒于一九七二年当选为民主党全国大会代表。

一九七七年，他发表了《大主教宅邸的顶棚》，剧情是东欧某个国家一位知名作家由于写了一封信给联合国谴责自己国家内部的弊端而要么流亡，要么等待以叛国罪受审。最后他决定留下来，把部分手稿委托一位美国作家朋友偷运出去，尽管那位朋友可能会遭到当局的逮捕。场景是一间曾是大主教宅邸的房间，剧中人都相信顶棚装有窃听器。米勒借此隐喻人对自己的命运无法确知，人际关系的复杂，以及人不可轻信他人。

八十年代初，米勒受美国作家斯特兹·特克尔《艰难的日子：一部关于大萧条时期的口述历史》（一九七〇）一书的启发，写出一部以三十年代美国经济大萧条为背景的社会剧《美国时钟》，目的是使年轻一代美国人了解美国那一段悲惨的历史。一九八〇年，他还把以色列歌唱家法尼亚·费娜隆的回忆录改编成了一部电视剧《为了生存的演奏》，内容完全依据历史事实：法尼亚·费娜隆是一位有一半犹太血统的法国艺人，二次大战中被关进奥斯威辛集中营，由于她是巴黎夜总会的名歌星，集中营的女管理员发现后把她编入由女犯人组成的乐队，为纳粹军官演出。费娜隆因此而得以避免葬身煤气室的命运。费娜隆在战后定居以色列，一九七八年出版了她的回忆录，此书曾轰动一时，各国犹太人团体都曾借重她作为希特勒迫害犹太人的见证，抗议纳粹势力的复苏。但该片由于让一位公开反对以色列而支持巴勒斯坦的美国女明星范尼莎·赖特格莱主演，引起犹太人抗议的风波，后经多方磋商，才得以播出。西方评论界基本上对该片予以肯定，认为它是一部揭露希特勒排犹罪行、为犹太民族伸张正义的电视剧。

一九七八年，米勒夫妇来华访问，同我国戏剧界同行切磋艺事，回国后出版了一本反映中国人民生活的图文并茂的《访问中国》。一九八一年，上海人民艺术剧院上演了由黄佐临同志导演，米勒自己推荐的《炼狱》（演出时改名为《萨勒姆的女巫》）一剧。一九八三年，米勒再度来华，亲自导演了他的名剧《推销员之死》，由北京人民艺术剧院上演，获得很大成功。一九八四年，他出版了《"推销员"在北京》一书，记述了他在北京执导《推销员之死》一剧的经过，阐述了他对戏剧的精辟见解。

一九八二年，他发表的两个独幕剧《某种爱情故事》和《献给一位女士的哀歌》没有引起西方戏剧界的重视。两剧后在英国以《两面镜》为书名于一九八四年出版。一九八七年，他又推出两部独幕剧《往事如烟》和《克拉拉》，以《危险：回忆！》为书名出版。这两出戏于一九八七年二月八日开始在林肯艺术中心上演，受到好评。《往事如烟》描写两位老人之间的故事。女主人公莉奥诺拉是个阔寡妇，当她看到当今文明世界充斥着野蛮暴行和狂言时，感到幻想破灭，一切无望，遂到苏格兰隐居，有意想把现实中的严酷事实从记忆中驱逐出去。一天，她回到康涅狄格州乡间拜访老朋友利奥，晚餐时两人发生了争执。利奥是个共产党人，坚持致力他的政治事业，拒绝放弃信仰，对世界的未来充满希望。利奥同莉奥诺拉猜字谜时，诙谐地阐明了他对人类的看法，言谈中对她做出了巧妙的挑战。《克拉拉》一剧描写有关一起谋杀案的审讯。女社会工作者克拉拉被人暗杀，而凶犯又很可能是曾被她"平反昭雪"的罪犯之一，警察当局严厉盘问克拉拉的父亲，以图从他口中获取一些线索，但克拉拉的父亲始终对女儿的生活守口如瓶，不肯透露。剧中还穿插了对越南战争和大屠杀的回忆等。米勒说，这两出戏写的是"人们力图忘记过去，以及人们有意为忘却痛苦而采取的办法，但是这有时又会使你感到如负重罪，痛苦难熬，压得你喘不过气来"。显然米勒写此两剧旨在揭示当今西方世界的复杂的人际关系以及频频出现的暴力现象。

一九八七年，米勒还发表了他的长达五十余万字的自传《时移世变》，对他所走过的漫长曲折而又丰富多彩的生活和艺术道路做了深沉的回顾和反思，随带着也对人生、社会和历史做出了严肃的思考。书中有一段记载他一九八四年荣获华盛顿肯尼迪艺术中心荣誉奖，出席国务院招待肯尼迪荣誉奖获得者的宴会，官方主人是乔治·舒尔茨国务卿。由于国务院餐厅正在翻修，临时改在坎农办公大楼一间餐厅里举行，米勒恍惚觉得以前曾经来过那间屋子，后来发现那正是当年非美活动调查委员会审讯他的那间屋子，使他不禁感慨万千。米勒写道：

　　看来唯一使我有所感的是一种讽刺意味：一想到当年就是在这间屋子里，热浪滚滚的煤气曾经朝我迎面扑来，真叫我觉得这种讽刺冰冷得像金属块一样。我环视那些兴高采烈的来宾，那位容光焕发、面带微笑的国务卿，以及其他几位获此殊荣的知名人士，再一次觉得自己是个朝里张望的局外人，甚至觉得这一切不像是真的。我料想这大概是因为我体验过当年那种冷酷无情的排斥，势必不会轻易地就在这样的典礼盛会上领受对我如此和谐的祝贺。不过，我还是能——怀着几分热情——享受这种兴高采烈的场面。也许我有一种幻觉，认为自己已经不再畏惧权势，已经跟它够接近了，足以认清权势所拥有的一切没有什么是我可要的。我以前对这个制度持续不断的善行所怀有的不少信念，现在也在内心泯灭了。在这两个场合中，唯一没有变化的是那面国旗，它如今挂在墙边的旗杆上面，也许就是当年挂在沃尔特议员脑袋后边的那一面；我回想起当时它如何叫我尽管放心，虽然我明白它对世间许多别人来说，象征着残酷的富裕和傲慢的蒙昧。但是，怎样才能在我这一生当中把这一切连贯起来呢？或许我只好满足于把这看成全是一场梦，一场不断流放和不断回归的梦吧。①

进入九十年代，米勒为避免他所谓的百老汇的"黑色失败主义"，开始在英国伦敦首演他一九九一年写的新剧《驶下摩根山》。剧中描述一个颇有声望的商人莱

---

① 阿瑟·米勒自传《时移世变》，第452页。

曼·费尔特驾车在摩根山上失事；他躺在纽约北部一家医院的病床上，他的两个妻子都去看望他，首次在病床边相遇，使他十分尴尬，从而在昏迷中进行反思，认识到自己所犯重婚罪的不可饶恕以及背叛行为的可耻。结局是两个妻子和他的子女都抛弃了他。评论界对此剧褒贬不一。米勒本想把此剧写成一部道德喜剧，却似乎没有达到预期目的。一九九三年和一九九四年，米勒又先后发表了独幕剧《最后的美国佬》和两幕剧《破碎的镜子》，进一步探讨了西方世界人与人之间的疏离、人的自我否定以及人对往事的遗忘等事实。米勒在《破碎的镜子》一剧中再次以鉴古知今的手法提醒人们勿忘当年希特勒迫害犹太人的罪行，对当今法西斯主义复苏的趋势勿持旁观态度。此剧获英国一九九五年度奥立弗最佳戏剧奖。

二

一般认为，《推销员之死》、《萨勒姆的女巫》、《两个星期一的回忆》、《桥头眺望》和《美国时钟》为阿瑟·米勒比较重要的剧作。

《推销员之死》

《推销员之死》是米勒第一部获得普利策奖的成功之作，也是使他享有国际声誉的代表作。此剧虽获得许多嘉奖，受到观众欢迎，但是当时也遭到不少攻击。报刊上出现许多从政治、社会和心理角度评论它的文章。有的认为此剧虽有批判美国商业制度的意图，但其结果不过是描绘了一个小人物的潦倒失败而已。另一右派刊物称它为"一枚被巧妙地埋藏在美国精神大厦内的定时炸弹"。还有的把米勒看成是"一个被悲剧所迷惑的马克思主义者"，称此剧是"共产党的宣传"。美国《工人日报》也认为它是一出内容颓废的戏。西班牙上演此剧后，天主教派报刊甚至把它视为"不信仰上帝的灵魂遭到幻灭的明证"。①

但是，美国某一推销员协会却把作者奉为自己的守护神，而另一些推销员商会则抱怨说，由于它的影响，使他们在招聘新推销员时遇到了困难。好莱坞曾不惜耗资百万把它拍成电影，却又害怕它在社会上

---

① 罗伯特·阿·马丁编《阿瑟·米勒戏剧散文集》，维京出版社，1978年，第140页。

引起不良后果，挖空心思在正片前加演一部文献纪录片，特意说明推销业对社会经济是多么地重要，推销员的生活是多么有保障，而正片中的主角只不过是极其个别的例子而已。

米勒在与《纽约时报》记者的一次谈话中强调他写此剧的主要动机是想"维护个人的尊严"。他还在一篇文章中说，此剧"自始至终贯串着一个人在世态炎凉的社会中生存的景象。那个世界不是一个家，甚至也不是一个公开的战场，而是一群克服失败的恐惧、前途无量的人物的盘踞地"①。一九八三年，米勒在北京时又说："我是要探索如何通过一出戏反映社会、家庭和个人的现实，以及人的梦想。写这出戏时，我抛开了一切顾虑，只追求写出反映真实的内容……这出戏一直保持着它的影响，因为它反映了这个混乱的现代社会中各种自相矛盾的现象，包括精神生活方面的自相矛盾。"② 在他的自传中，米勒还透露道：

----

① 罗伯特·阿·马丁编《阿瑟·米勒戏剧散文集》，第143页。
② 《阿瑟·米勒在〈外国戏剧〉编辑部做客》一文，北京《外国戏剧》，1983年，第3期，第7页。

我在写作过程中嗤嗤发笑，主要是针对威利那种彻头彻尾自相矛盾的心理，正是在这种笑声中突然有一天下午冒出了这出戏的剧名。以往有些剧本，诸如《大主教面临死亡》、《死亡和处女》四部曲等——凡是剧名带有"死"这个字眼儿的戏素来都是既严肃又高雅的，而现在一个诙谐人物，一大堆伤心的矛盾，一个丑角，居然要用上它啦，这可真有点叫人好笑，也有点刺目。对，我的脑海里可能隐藏着几分政治；当时到处弥漫着一个新的美利坚帝国正在形成的气氛，也因为我亲眼见到欧洲渐渐衰亡或者已经死亡，所以我偏要在那些新头目和洋洋自得的王公面前横陈一具他们的信徒的尸体。在这出戏首演那天晚上，一个女人，我姑且隐其名，愤恨地把这出戏称作"一枚埋在美国资本主义制度下面的定时炸弹"；我倒巴不得它是，至少是埋在那种资本主义胡扯的谎言下面，埋在那种认为站在冰箱上便能触摸到云层、同时冲月亮挥舞一张付清银行购房贷款的收据而终于成功之类的虚假生活下面。①

总之，米勒在此剧中有意无意地戳穿了美国社会流行的人人都能成功这一"美国梦"的神话。

《萨勒姆的女巫》

《萨勒姆的女巫》描写的是一六九二年在北美马萨诸塞州萨勒姆镇发生的迫害"行巫者"的案件。当时那里居住着一支盲信的教派（清教徒），形成一种政教合一的统治，他们排斥异教徒，制定了自己的清规戒律，禁止任何娱乐活动，实行禁欲主义。一场"逐巫案"就是在这种基础上发生的，而在这场骗局的背后则是富豪们对土地的吞并和掠夺，结果酿成了萨勒姆镇的一场四百多人被关进监狱、七十二人被绞死的悲剧。米勒在此剧中成功地塑造了男主人公普洛克托的英勇形象，他被人诬陷，遭宗教法庭处以重罪投进地牢。他虽有强烈的求生欲望，却不愿以出卖朋友、出卖灵魂为代价换取屈

① 阿瑟·米勒自传《时移世变》，第184页。

辱的生存，最后毅然走上绞刑架。他以自己的死严正宣告了人的尊严和正直的美德是不可侮的，因而也是不可战胜的；而宗教束缚和神权压迫则违背人性，是反人道反科学的，因而是腐朽的，必然会灭亡的。

五十年代初美国麦卡锡主义猖獗一时，米勒本人也屡次受到非美活动调查委员会的传讯，并被判处"藐视国会"罪。因此，关于《萨勒姆的女巫》，西方一般剧评家都认为米勒是有意识地借这部关于宗教迫害的剧本影射当时非美活动调查委员会对无辜人士的政治迫害。米勒承认有此意图，但强调此剧具有远比只是针砭一时的极右政治更为深远的道德涵义，旨在揭露邪恶，赞颂人的正直精神。美国剧评家马丁·哥特弗里德认为此剧"可与米勒自己在美国众议院非美活动调查委员会上作证时英勇不屈、慷慨陈词的表现相提并论。作为一部戏剧作品，它结构匀称，充满激情；作为一部伸张正义的作品，它具有一种罕见的庄严气氛"。

《萨勒姆的女巫》于一九五三年在美国纽约上演后，受到观众热烈的欢迎，荣获安东纳特·佩瑞奖。一九五七年，法国著名作家让-保罗·萨特把它改编为电影剧本。一九六二年，苏联斯坦尼斯拉夫斯基剧院在排演时强调了剧作的现代影响：爱好自由的人类精神对抗邪恶和反动势力的胜利。一九六五年，英国老维克剧团由著名戏剧家劳伦斯·奥立弗执导并主演此剧，轰动一时。此剧还曾在其他许多国家上演，卖座率始终不衰，成为阿瑟·米勒的一部最能持久上演的剧本。

一九八一年九月，上海人民艺术剧院将这出戏搬上我国舞台；黄佐临先生亲自执导，深刻发掘剧本本质，并给予鲜明的舞台体现，得到历经十年浩劫的我国观众深刻的理解。一位观众写信道："欣赏阿瑟·米勒这出名剧，得到一次高级的享受，十分感谢！为了维护政教合一，为了巩固其蛮横不合理的统治，不惜愚昧乡民，造谣诬陷，草菅人命，前两幕揭露已很有力，后两幕则更为深刻。"① 另一位观众在信中感慨地说："历史常有惊人的相似之处，这个教训太深刻了，历史悲剧不能再重演！"②

《两个星期一的回忆》

此剧自传性浓厚，写的是纽约一家汽车零件批发公

---

① 《星期六评论》，1979 年。
② 《谈佐临导演的〈萨勒姆的女巫〉》一文，北京《外国戏剧》，1982 年，第 2 期。

司顶楼发货室里职工工作的情况。他们浑浑噩噩地过日子，有的酗酒、寻欢作乐，有的胸无大志、过一天算一天，有的因年老体衰即将被老板辞退。青年职工伯特（当年作者本人）无限感慨地说："每天早晨看到他们为什么使我伤心泪下？这就像是在地铁里，每天看到同一些人上，同一些人下，唯一的变化是他们衰老了。上帝！有时这真把我吓呆了；我在这个世界上，就像在一个偌大的房间里来回冲撞，从南墙到北墙，从北墙到南墙，永远没有个头啊！就是没有个头啊！"伯特后来攒够了钱去上大学，临行时向大家告别，但他们却忙于干活儿，对他离去毫无表示，他只得默默地走了。

有些英美剧评家认为这出戏像"活报剧"，是在批评人生的绝望和悲哀。米勒不同意这种看法，并称此剧是一出"哀婉的喜剧"，或是一部本世纪三十年代的文献记录。"我写这部剧本部分原因是想再体验一次那种公开而赤裸裸的贫困现实，同时也希望为自己表明希望的价值，以及为什么要产生希望，还有那些至少懂得如何忍受那种毫无希望的痛苦的人们所具有的英雄品质。"[1] 他

---

① 罗伯特·阿·马丁编《阿瑟·米勒戏剧散文集》，第164页。

认为剧中所谈的是"人生需要有一点诗意",而且还承认他特别偏爱这出戏。

《桥头眺望》

此剧最初为独幕剧,一九五五年在美国上演并未受到重视,后米勒把它修改成两幕剧,于一九五六年在伦敦和巴黎上演时才获得成功。全剧写的是三十年代美国的意籍移民的生活。两名意大利年轻兄弟因在家乡失业而非法进入美国,暂居已归化为美国人的亲戚埃迪家中。哥哥挣钱寄回老家养活妻儿老小;未婚的弟弟却同埃迪养大的外甥女产生了恋情,遭到埃迪变态的妒忌和反对,并招致他向移民局告发,兄弟俩均被扣押。在保释期间,哥哥由于埃迪断送了他的生活出路而在一次争斗中把埃迪刺死,酿成一场悲剧。美国进步报刊当时曾给该剧以好评,认为米勒在此剧中有如实反映美国工人阶级生活的一个侧面的意图。

米勒说这出戏是他根据一桩真人真事写成的,他认为剧中的主人公埃迪"并不是一个值得让人哀怜同情的人物,此剧也无意使观众落泪。但是,它却有可能使我们把埃迪的举动同我们自己的举动联系起来反省,从而更好地剖析自己，认识到我们不仅仅是一些孤立的心理实体，而是同自己同胞的命运和悠久的历史密切相连的"①。此剧仍属于米勒一贯喜爱创作的社会道德剧，其中探讨了人性、人的尊严以及新旧道德概念和法则之间的冲突。在写作手法上，米勒在剧中安排一名律师来穿插叙述案情，起到了类似希腊悲剧中合唱队的作用。

《美国时钟》

此剧是米勒以三十年代美国经济大萧条为背景写出的一个社会剧。据他本人说，他是受美国作家斯特兹·特克尔《艰难的日子：一部关于大萧条时期的口述历史》一书的启发，经过多年酝酿才写成这出戏。特克尔通过他所访问的众多普通美国人的口述，以新闻体裁生动地反映了三十年代那场席卷整个资本主义世界的经济危机给美国人民精神和生活带来的灾难，而米勒则把这一惊心动魄的悲惨景象更为真实地再现于舞台。全剧人物多达四十余个，几乎囊括了美国社会各阶层人士。有

① 阿瑟·米勒《桥头眺望》修订本前言。

的美国剧评家由此而认为剧作家没有着重刻画三两个主人公的面貌，是此剧的一项缺陷，殊不知米勒的意图正在于说明那场危机"几乎触及了所有的人，不管他住在什么地方，也不管他处于什么样的社会地位"，他用戏剧形式在观众面前展现了一幅文献性壁画，侧重灾难的全貌，从而重振人们的尊严和信心。这种形式早在布莱希特的一些剧本和多斯·帕索斯的那部《美国》三部曲小说中有关新闻短片的章节里就已出现过，米勒则把它做了进一步的发挥。

米勒的剧本一向具有自传性质。由于他目睹了那场危机，《美国时钟》中的许多场景可以说是他根据回忆记录下来的真实情景，例如剧中人李中学毕业后因家庭生活拮据而不得不辍学进入工厂工作，就是他自己的一段亲身经历。又如米勒参加过当时的左翼运动，剧中一些青年钻研马克思和恩格斯著作，追求进步思想，尽管个别人有糊涂思想，也不足为怪，它仍然可以说是米勒对当时美国青年思想面貌如实的写照。尤其值得称道的是，全剧阐述了美国人民经历了那次浩劫后终于认识到"这个国家其实是属于他们的"。以这一思想转变作为全剧的结尾，说明米勒在创作思想上已突破了过去那种仅仅局限于描写资本主义社会中推销员等小人物的个人悲欢离合的狭隘题材。米勒写此剧的动机，无疑是想告诫美国人民，尤其是青年一代，不要在虚假的繁荣景象中忘却过去沉痛苦难的历史，其用心良苦使《美国时钟》具有较深刻的教育意义。

此外，米勒在这出戏的剧作手法上，也沿袭了他所惯用的倒叙穿插、不受时空限制的技巧，而且运用得更加自如。该剧布景简朴，场景转换迅速，道具由演员带上舞台，充分发挥舞台灯光的效果，这一切都显示出这位老剧作家仍然在不断探索戏剧创作的新手法。

《美国时钟》一九八〇年五月首演于南卡罗来纳州的斯波莱托戏剧院，十一月移至纽约百老汇，但仅上演了十二场，未受到应有的重视。米勒并未气馁，对剧本做了精心的修改，于一九八四年奥运会前夕在洛杉矶马克·泰珀剧院再度公演，终于获得好评。同年英国伯明翰的轮换剧目剧院也上演了这出戏。《卫报》评论道："与其说它是一出传统剧，毋宁说它是大萧条期间万花筒般的美国社会史。这出戏很可能不是米勒的杰作之一，但它表现了戏剧概括时代基调的力量。"一九九五年，英国阿瑟·米勒研究专家克里斯托弗·比格斯贝编辑的《阿瑟·米勒剧本选》（轻便本）中选入的《美国时钟》，又经米勒重新做了修订。

三

除去剧本，米勒还写过小说《焦点》、《我不再需要你：短篇小说集》和儿童读物《珍妮的毯子》等。他一九八七年发表的《时移世变》（自传）约五十余万言，堪称近年来美国出版的一本优秀自传。

在自传中，米勒叙述了犹太裔祖代从波兰移居新大陆后的创业经过以及父亲在三十年代初经济大萧条时期破产而由母亲典当求告挽救家庭困境的惨状，继而回忆了自己中学毕业后四处打工，干过不少种苦力活儿，一度幻想当歌星，后来积攒些钱进入密歇根大学学习，迷上戏剧，逐步成为剧作家的经历。在这期间，他接触到马克思主义，寄希望于苏联和社会主义，并积极从事左翼文艺和反法西斯等进步活动，导致五十年代中期遭到非美活动调查委员会的传讯，并被判处"藐视国会"罪。嗣后他参加了反越战运动，又积极投入国际笔会的活动。

书中详尽阐述了他一贯反对百老汇商业化戏剧的观点，他对戏剧所持有的精辟独到的见解，以及他创作每部剧作的艰苦历程。对众多同时代的剧作家、小说家和诗人（包括奥尼尔、奥德茨、威廉斯、海尔曼、斯坦贝克、梅勒、贝娄、庞德和弗罗斯特等人），他都给予不人云亦云的评价。他也接触到许多戏剧和电影界的导演和演员，诸如哈里·霍恩、伊莱亚·卡赞、李·斯特拉斯堡夫妇、劳伦斯·奥立弗和克拉克·盖博等人，对他们都作了细致而有趣的描绘。书中也包括了他的三次婚姻，首次披露了他与梦露一段姻缘的恩恩怨怨。他以深切同情的笔触描述了孤女出身的梦露受尽社会压力的折磨和别人的剥削、身心忧郁而艰苦奋斗的一生，批驳了外界对梦露的歪曲宣传。此外，他也欣慰地谈到他与奥籍摄影师英格博格·莫拉斯结合后互敬互爱的美好生活。

在写作结构上，米勒没有严格采取按年代顺序平铺直叙的手法，而是把一生事迹前前后后、纵横交错地穿插叙述，有时两三件事交叉进行，环环相扣，恰到好处，真有点像《推销员之死》的主人公威利·洛曼脑海中那种过去与现在的事交错闪现那样，或者说更像电影画面淡入淡出交叉隐现的技巧。这种新颖手法无疑使这部自传别具一格，使读者不觉得枯燥乏味。米勒的文笔犀利，隽永流畅，时而还充满诙谐幽默感，颇有契诃夫的风格（契诃夫是米勒最崇敬的两位作家之一，另一位是托尔斯泰）。在回顾往事时，他还夹叙夹议，其中不少富有哲理的涵义，发人深省，甚至可以使人从中得到启发和教益。

这部自传不单单是个人的感人肺腑的故事，而且近乎是一部当代美国社会编年史，为读者了解二十世纪美国文坛、剧坛以及美国社会不断演变的情况提供了丰富而珍贵的资料。

四

阿瑟·米勒不仅是美国当代著名剧作家，而且也是一位卓越的戏剧理论家。他论述戏剧的文章已由密歇根大学罗伯特·阿·马丁教授编成《阿瑟·米勒戏剧散文集》，于一九七八年出版，在西方戏剧界颇有影响。

米勒跟奥尼尔一样，创作的剧本多半是有关普通人的悲剧，他认为普通人与帝王将相同样适合作为高超的悲剧题材，但是他又不赞成把悲剧写成悲怆剧，在他看来，悲剧和悲怆剧之间的主要区别在于悲剧不仅给观众带来悲哀、同情、共鸣甚至畏惧，而且还超越悲怆剧，给观众带来知识或启迪。他认为悲剧是对为幸福而斗争的人类最精确而均衡的描绘，"因为悲剧是我们拥有的最完美的手段，它向我们显示我们是什么样的人，我们必须做什么样的人，或者我们应该力争做什么样的人"①。他也不同意那种认为悲剧作家都具有悲观主义的论调，"悲剧事实上所包含作家的乐观主义程度要比喜剧还要多，悲剧的最终结局应该是加强观众对人类的前景抱有最光明的看法"②。米勒这种见解无疑会加深人们对悲剧的理解。

米勒一贯反对西方商业化、纯娱乐性的庸俗戏剧，而坚信戏剧是一种反映社会现实的严肃事业。他认为剧作家如果不去调查社会作为一个明显而关键的部分所具有的全部因果关系，就不可能创作出一部真正高水平的严肃作品。米勒一九五六年曾经在一篇题为《现代戏剧中的家庭》的文章里感叹道：

---

① 罗伯特·阿·马丁编《阿瑟·米勒戏剧散文集》，第11页。
② 同上书，第6页。

在过去的四五十年里，一般的现实主义遭到了攻击——原因在于它不能美妙而自如地在私人生活和社会生活之间越来越扩大的鸿沟上架起桥梁。表现主义对这也解决不了，因为它完全抛却心理上的现实主义而跨跃到单独描绘社会力量那一方面去了，从而使问题遗留下来。所以我们现在的许多剧本都或多或少具有颓废的气氛；在过去的十年里，这些剧本越来越趋向单独详述心理因素，而很少或无意把人物的社会作用和冲突弄清并加以戏剧化。任何一位明智的人显然都明白人类的命运是社会性的，所以把那些摒弃社会的作品归结为腐朽是恰当的。[1]

此外，米勒还曾说过："社会在人之中，人在社会之中，你甚至不可能在舞台上创造出一个真实描绘出来的心理实体，除非你了解他的社会关系。"米勒的这种观点，即人的命运是社会性的，舞台应是一个较之单纯

---

[1] 罗伯特·阿·马丁编《阿瑟·米勒戏剧散文集》，第82页。

提供娱乐更为重要的传播思想的媒介，它应该为一个严肃的目的服务，是值得称道的。米勒在他改编的《人民公敌》序言中呼吁道："剧作家必须再次表明有权利以他的思想和心灵来感染观众。公众也有必要再次认识到舞台是一个传播思想和哲学、极为认真地探讨人的命运的场所。"[①]

不过，米勒不赞成在剧作里干巴巴地说教。他主张戏剧应当使人类更加富有人性，也就是说，戏剧使人类不那么感到孤独。

在艺术创作手法上，阿瑟·米勒曾说他是"规规矩矩地以传统的现实主义为基础，而且试图使用各种方式来扩展它，以便直接甚至更猝然、更赤裸裸地提出隐藏在生活表面背后的、使我感动的事物"[②]。确实如此，米勒多次巧妙地运用了表现主义和象征主义等方式，丰富了他的现实主义创作。他一直在不断地探索，不断地创新。

米勒对马克·吐温做出过这样的评论："他并非在利用他那种跟同时代的公众幻觉相疏离的态度来抗拒他

---

① 罗伯特·阿·马丁编《阿瑟·米勒戏剧散文集》，第17页。
② 同上书，第167页。

的国家，好像没有它也能生存似的，而显然是想借此来纠正它的弊端。"① 这恰恰也适用于米勒本人，正是他本人的写照。

一九七九年美国著名剧评家马丁·哥特弗里德在《星期六评论》杂志上撰文称米勒的《推销员之死》、《萨勒姆的女巫》和《桥头眺望》是"三部气势宏伟的剧本，具有显示人性的广泛内容，却又高于现实生活，因为它们诗意盎然并具有崇高的道德力量。毫无疑问，阿瑟·米勒是美国戏剧的良心"。他认为世界上只要还有舞台存在，这三出戏就会上演，传之不朽。

梅绍武
一九九七年初稿
一九九八年六月校订

---

① 阿瑟·米勒为《马克·吐温牛津选本》（牛津大学出版社，1996年）写的前言。

驶下摩根山

献给英格

两幕剧

剧中人物

莱曼·菲尔特

希奥·菲尔特

利娅·菲尔特

贝茜

洛根护士

汤姆·威尔逊

第一幕

第一场

> 莱曼·菲尔特在医院病床上沉睡。洛根护士坐在几步开外的椅子上看杂志。她是个黑人。他睡得很沉，不时发出鼾声。

莱　曼　（仍闭着眼）谢谢，谢谢大家。请坐。（护士转头看他）今天下午我们有很多……不是材料……对，材料……要处理，所以请大家坐好，脚跷起来……不不不……（虚弱发笑）……不要跷脚，坐好就是……

护　士　你动了个大手术，菲尔特先生，现在应该好好休息……你睡醒了？

莱　曼　（鼾睡片刻，然后）今天我希望大家换一个角度看待人寿保险。我要你们把整个经济体系看作一个巨大的奶子。（护士轻笑）每个人的任务就是抢占吸奶的有利位置。（她笑得更大声了）这就是为什么管"赚钱"叫"吸金"。也可能……不是。

护　士　做完那么大的手术你得好好静养。

莱　曼　（睁开眼）你是黑人？

护　士　每个人都这么对我说。

莱　曼　挺好。我有个针对你们的一顶一的培训项目，上哪个公司都没问题。还是第一个培训你们做销售的。最近没在大选吧？是艾森豪威尔还是谁来着？

护　士　现在是十二月份。艾森豪威尔不知道什么时候早死了。

莱　曼　艾森豪威尔死了？（困惑地看着她）哦，对对对！……能帮个忙吗，我怎么动不了？

护　士　（坐回椅子）你全身多处骨折，都打着石膏呢。

莱　曼　你说谁？

护　士　你啊。你出车祸了。他们说你开着保时捷跟溜冰似的一路滑下了摩根山。

　　　　　［她咯咯笑。他眯起眼睛，试图消化现状。

莱　曼　在哪儿……在哪儿……我这是在哪儿？

护　士　柯利尔海文纪念医院。

莱　曼　这是厄尔·海恩斯吗?

护　士　谁?

莱　曼　这钢琴曲。听着像厄尔·海恩斯。(哼唱厄尔·海恩斯的曲子)你听听,美不美?吉米·鲍德温……很久以前,那会儿我还是个搞创作的……他对我说:"莱曼,你骨子里就是个黑鬼。"(咯咯笑,渐止。有些不安)……在哪儿?

护　士　柯利尔海文纪念医院。

莱　曼　(慢慢理解)柯利尔海文?

护　士　你太太和女儿刚从纽约赶过来,在外头的接待室。

莱　曼　(警觉,但仍迷蒙)从纽约赶来?为什么?谁通知她们的?

护　士　什么意思?不该通知吗?

莱　曼　这是哪儿来着?

护　士　柯利尔海文。我是加拿大人,刚来这儿工作。咱加拿大现在还有铁路呢。

莱　曼　(默默琢磨片刻)等一下,我不太舒服……怎么扯到加拿大铁路上去了?

护　士　没，因为有暴风雪，我就顺口一说。

莱　曼　你刚说……说……说我太太什么……从纽约赶来？

护　士　她已经在接待室了。

莱　曼　已经在接待室……

护　士　还有你女儿。

莱　曼　（思绪逐渐清晰，情绪随之紧张。他看着双手，翻转手掌）不好意思，你能……碰我一下吗？（她碰他的脸。他被清晰的现实触怒）到底是哪个天杀的叫她们来的？怎么也不问问我？

护　士　我刚来这儿！要是做得不够好还请你原谅。

莱　曼　（焦躁不已）谁说你做得不够好了？有完没完……这些……啰哩啰嗦？不是啰哩啰嗦，要命，我是说……（喘气）听好，我谁都见不了，叫她们马上回纽约。

护　士　可反正你都已经醒了……

莱　曼　马上！去，叫她们走！（一阵刺痛）啊！求你了，快去！等等！外面不会……还有……别的女人吧？

护　士　我在外面没看到别的女人。

莱　曼　拜托了……快去，好吗？我谁都见不了。(护
　　　士一脸困惑地下场)可怜的希奥——来这儿了！天
　　　啊，我都干了什么啊！为什么要在暴风雪天走那条
　　　路！(因暴露内心而感到恐惧)你他妈是不是疯
　　　了?!(深陷痛苦，一动不动地盯着前面，与此
　　　同时音乐响起。他陷入可怕的幻想中，情绪随
　　　之改变)老天爷啊，这事不能发生。

　　　　　　[他看见妻子希奥和女儿贝茜坐在接待室
　　　　　　　的长沙发上。贝茜呜咽一声哭起来。他
　　　　　　　并非真的看见她们，只是想象。

　　　贝茜，我可怜的贝茜！(贝茜哭泣，他捂住眼睛)
　　　不不不，这事不能发生！想想其他事！

　　　　　　[被幻象牵引着，他穿着病服下了床。音
　　　　　　　乐渐收。

希　奥　(摸着贝茜的手)亲爱的，别哭了。

贝　茜　我忍不住。

希　奥　你忍得住。坚强点，宝贝。

莱　曼　(走近她们)没错！我的希奥！她一定会这么
　　　说！多好的女人！

希　奥　想想那些开心的事情，想想他的大笑声。爸爸

热爱生活，他不会屈服的。

贝　茜　……可能是因为我从来没碰到过真正的不幸。

莱　曼　（离她们几步远）我的好孩子！

希　奥　以后你就会明白了——到最后一切都是……最好的安排。

莱　曼　（注视前方）是啊……希奥你真是个圣女！

希　奥　来，贝茜。还记得那次在非洲我们玩得多开心吗？想想非洲。

贝　茜　妈妈，你真坚强。

　　　　　　　　　　　　　　　　［洛根护士上场。

护　士　他还要过一段时间才能见人。要我帮你们联系旅馆吗？现在有很多来滑雪的游客，不过我丈夫也许可以帮你们弄到房间，旅馆门前的雪都是他给铲的。

贝　茜　他脱离危险了吗？

护　士　有消息医生会通知你们的。（故意转移话题）真没想到，这又下雨又下雪的，你们居然还从纽约赶过来。

希　奥　人都有必须要做的事。话说……你真能帮我们联系旅馆？这一路开过来太累了……

护　士　有时候我真想回加拿大去——至少咱们那儿有
　　　铁路。

希　奥　我们这儿也会再造的。这个国家办事虽然慢，
　　　但总归能办好。

护　士　要添茶的话尽管叫我。

　　　　　　　　　　　　　　　　［护士下场。

希　奥　（转身对贝茜，苦笑)怎么突然笑了?

贝　茜　（摸着希奥的手)没什么……

希　奥　到底怎么了?

贝　茜　就是……我想说这个国家不是什么事都能办
　　　好的。

希　奥　（脱开她的手，受伤地)我觉得终究都能办好。
　　　三十年来我经历了许多难以想象的变化。（挤出笑
　　　容)说真的，孩子，我没那么天真。

贝　茜　（生气)你别不高兴啊——这儿的人都很好，
　　　不是吗?

希　奥　（平复情绪)可惜没让你体验过小镇生活——
　　　小镇也有小镇的好。

贝　茜　我们是不是该给埃丝特奶奶打个电话?

希　奥　（依允地)随你。（稍作停顿，贝茜不动)只不

过她太容易激动了。打就打吧……毕竟是他妈妈。

贝　茜　她没什么见识，我知道，但我也没办法，我……

希　奥　你应该喜欢她，她很疼你。她就是不喜欢我而已，我早知道，这没什么。（别过头）

贝　茜　我是说有时候她真的特别逗。也很热心。

希　奥　热心？算是吧——只要不用她保证什么。宝贝，这话我从来不避讳——我觉得你爸的心理问题，症结就在她身上……

莱　曼　太对了！

希　奥　……也可能是我的偏见吧。

　　　　　　　〔莱曼一边摇头一边默笑，欣然认同。
以前我以为他妈妈是怪他没娶犹太人，可……

贝　茜　她自己也没嫁犹太人啊。

希　奥　宝贝，不管你爸爸娶谁，她都不会喜欢的……除非娶个大小姐或者大美人。你去打吧，确实应该告诉她。（贝茜站着不动）帮我跟她问个好吧，好吗？

　　　　　　　〔莱曼咯咯地笑起来，她善良的本性令他
　　　　　　　赞许。利娅上场。她三十多岁，身穿前

襟敞开的浣熊毛皮大衣，脚踩高跟鞋。

护士一同上场。

莱　曼　（一看见她就用双手捂住眼睛）不，她不能来！这事不能发生！她不能来！（他承受不了，准备逃离，但停了下来，当……）

利　娅　我们给这家医院投了那么多钱，我觉得我应该有资格跟护士长说句话吧！

护　士　我尽量帮你把她找来……

利　娅　快一点，好吗？（护士准备离开）我就想稍微了解一下情况！

〔护士下场。停顿。

莱　曼　（双目紧闭，顾自祈求）想想别的。想想——奔驰新款敞篷车……那个女明星，叫什么来着……？（但他没能逃离幻象。他惊恐地慢慢转头看向……）

〔利娅坐下来，很快又站起来，不安地走来走去。希奥和贝茜用余光观察她，十分好奇但很有分寸。利娅跟她们的视线对上了。她两手一摊。

利　娅　我在这儿生孩子的时候也是这样，想从他们嘴里知道孩子是男是女比拔牙还费劲。

贝　茜　是急诊送来的吗?

利　娅　对,我丈夫。他在摩根山出了车祸。你们呢?

贝　茜　是我爸爸。也是车祸。

莱　曼　(双手合十,看天)老天爷,求求你!

希　奥　这儿的路况太糟了。

利　娅　我真不知道他是怎么想的,路上都是冰,还要
　　　　开车下山……还是大晚上!真想不通!去他们的,
　　　　我有权利知道现在是什么情况!(冲下场)

贝　茜　真可怜。

希　奥　她又不是不知道医生护士有多忙……

　　　　　　〔场上一片安静。希奥闭上眼睛靠在沙发
　　　　　　上。贝茜鼻子一酸又想哭,闭上眼睛,
　　　　　　忍住。终究还是忍不住哭起来。

　　　　贝茜,亲爱的,不要哭。

贝　茜　(无助地摇头)……我太爱爸爸了!

　　　　　　〔利娅回到场上,情绪平复了一些。她疲
　　　　　　惫地坐下,闭上眼睛。停顿。她起身走
　　　　　　到窗边向外看。

利　娅　月亮出来了! ——黑灯瞎火的当然要出车祸,

这会儿外面倒是亮得都能看报纸了。

贝　茜　你家在附近吗？

利　娅　离得不远，在湖边上。

贝　茜　感觉这儿的乡村风光很美。

利　娅　是很美。但我更想搬去纽约。（忽然大哭一声，又强忍住）不好意思。（又捂着手帕无助地哭起来。贝茜受她影响，也哭了起来）

希　奥　真是的……！（抓着贝茜的手臂摇晃）别哭了！（看见利娅怂怂的表情）还不知道伤势怎么样呢，干吗哭成这样？

利　娅　（不情愿地）说得也是。

希　奥　（欣然——也对贝茜说）就是啊！有的是伤心难过的时候，何必……

利　娅　（厉声道）我都说是了，同意你了！（别扭地别过头）对不起。

　　　　　　　　　　　　　　〔三个女人静止不动。

莱　曼　（赞叹）看她们多么坚强可敬！多么敢爱敢恨！谢天谢地，还好这只是我想象出来自讨苦吃的……别去想了！（毅然转身走向床，但又被幻象吸引，止步）她们还会说什么？

　　　　　　　　　　　　　　　〔三个女人又动起来。

贝　茜　你们家里种东西吗？

利　娅　我们吃的大部分是自己种的。最近开始种一些
　　　　改良的品种，试试水。

贝　茜　好棒啊……

利　娅　我真羡慕你们——这么冷静。真的，你们让我
　　　　感觉好多了。你们住在纽约哪里？

贝　茜　东七十四街。

莱　曼　不！别说了！

利　娅　是嘛！我跟我老公去纽约经常住卡莱尔……

贝　茜　啊，拐角那家酒店。

希　奥　听你的口音像是纽约人。

利　娅　我在纽约大学商学院读了三年书。我很喜欢那
　　　　里，但埃尔迈拉是我长大的地方……我的生意也在
　　　　这儿，所以……

希　奥　你做什么生意？

利　娅　卖保险。

贝　茜　跟爸爸一样！

莱　曼　（用指关节叩击自己的头部）不不不不！

利　娅　我们这行有上百万人呢。你们也是吗?

贝　茜　不是,我在家里……照顾我先生。

利　娅　我想再干几年就把生意转手,在曼哈顿买套房
　　　　子,后半辈子就整天画画油画。

贝　茜　是嘛! 我先生就是个画家。

利　娅　是职业的还是……

贝　茜　是职业的。他叫哈罗德·兰姆。

　　　　　　　　〔莱曼冲到床上,用被子蒙住头。

利　娅　哈罗德·兰姆?

　　　　　　　　〔利娅停下所有动作,盯着贝茜,然后又
　　　　　　　　盯着希奥。

希　奥　怎么了?

利　娅　你老公真是哈罗德·兰姆?

贝　茜　(心满意得)你知道他呀?

利　娅　你该不是菲尔特太太吧?

希　奥　是啊,怎么了?

利　娅　(一脸茫然)那你……(顿了顿)你不会是来见
　　　　莱曼的吧?

贝　茜　你认识爸爸?

利　娅　可……(目光在两人身上来回扫视)……他们

为什么要通知你?

莱　曼　(坐在床上,一只手伸向天空,似是在祈求
上天又似是在告诫自己,口中大声嘟囔)停下,
停下,停下……!

希　奥　(不明所以,但也不甘示弱)难道不该通知
我吗?

利　娅　可是……都这么多年了。

希　奥　你什么意思?

利　娅　都已经九年了……

希　奥　什么九年?

利　娅　你们离婚九年了啊。

　　　　　　　　　　〔希奥和贝茜目瞪口呆。静场。

你是希奥朵拉·菲尔特,对吗?

希　奥　你是哪位?

利　娅　我叫利娅,利娅·菲尔特。

希　奥　(生出轻蔑)菲尔特!

利　娅　莱曼是我丈夫。

希　奥　你是谁?胡说八道什么!

贝　茜　(对利娅倍感好奇,对希奥怂怂道)你先别发
火好不好!

希　奥　你闭嘴！

利　娅　（见希奥推诚不饰）你们已经离婚了，不是吗？

希　奥　离婚——你到底是谁！

利　娅　我是莱曼的太太。（希奥见她正颜厉色，一时哑然）

贝　茜　你们……什么时候……就是……

希　奥　（又激动起来）这女人疯了——她就是个疯子！

利　娅　（对贝茜）到今年七月，就结婚九年了。

希　奥　是吗？那是谁给你们主持的……仪式？

利　娅　里诺市政厅的工作人员，后来到埃尔迈拉又请了一位拉比。我儿子随莱曼的父亲叫本杰明，中间名随莱曼的外婆叫亚历山大，全名叫本杰明·亚历山大·菲尔特。

希　奥　（带着一丝嘲讽）是吗！

利　娅　是的，要是你原来不知道的话，那真是不好意思。

希　奥　不知道什么？你在说什么？

利　娅　我们结婚九年多了，菲尔特太太。

希　奥　是吗？那你应该有书面证明吧？

利　娅　我有结婚证，应该……

希　奥　应该!

利　娅　（恼火地）我肯定有!我还有莱曼的遗嘱,在我们俩的银行保险箱里……

希　奥　（话中带刺）遗嘱上写你是他太太!

利　娅　还写了他儿子本杰明。（她言之凿凿的态度让希奥怔住了……）不过我猜你也有一份差不多的……对吗?（希奥依然一动不动）你们真的没离婚?

贝　茜　（看了一眼备受打击的妈妈……语气轻柔得像是在道歉）……没有。

利　娅　那我们是该见一面。谈一谈。（希奥呆呆地望着前方）菲尔特太太?你的心情我理解,但你必须接受这个事实——我们眼前有个棘手问题。菲尔特太太?

希　奥　这不可能,九年前……（对贝茜）是我们全家去非洲的时候。

贝　茜　对啊!那趟游猎旅行!

希　奥　（对利娅,得意洋洋地笑起来,几乎有些癫狂）那是我们这辈子最恩爱的时候!我们一块儿去

了肯尼亚、尼日利亚……（仿佛胜券在握）……我
们还去了埃及!

> [护士上场。所有人精神顿时一振。她看
> 看这一位，又看看另一位。

护　士　劳瑞医生想跟菲尔特太太谈谈。

> [一开始谁也没动——然后希奥和利娅同
> 时站起来。这一下子坐实了利娅的身份，
> 令希奥大受刺激，逼得她毅然决然地朝
> 护士走去——然后摇摇晃晃地倒了下去。

利　娅　扶住她!
贝　茜　妈妈!

> [护士和贝茜一把挽住希奥，把她慢慢放
> 在地上。

利　娅　（转过头）来人啊，有人晕倒了! 医生都他妈
死哪儿去了! （对空处）这狗日的医院还有没有医
生了?!

> [收光。

第一幕

第二场

  场上放着一张沙发、一把椅子。利娅和汤姆·威尔逊相对而坐。汤姆是个律师，虽人到中年，身材却十分健美。他一边喝咖啡一边看遗嘱。过了一会儿，利娅起身走开几步，满眼恐惧地望着前方。随后她掏出手机拨电话，转身面向他。

利 娅 真不用来点儿吐司吗？招待不周，不好意思啊。

汤 姆 （全神贯注地）不用了，谢谢，我马上看完了。

利 娅 （拨电话）天，我心好慌——我儿子快回来了……（对着电话）缇娜，叫我哥听电话……

卢——不知道，他们现在不让我见他。永耐驰①那边怎么说？什么？你现在赶紧给洛杉矶那边打电话！拜托你，卢，这单生意我一定要拿下！（挂电话）到底要花多少钱才能让这些亲戚干点儿正事？（汤姆合上文件，面朝她，不说话）——我知道你是她的律师，但我找你也不是指望你帮我出主意，对吧？

汤　姆　我可以稍微聊聊。（把文件还给她）遗嘱上认定你的孩子是他的儿子，但你不是他的妻子。

利　娅　（举起文件）可这上面明明写明了我是他妻子？

汤　姆　恐怕在法律上是无效的，因为他没离婚。不过……（突然打住，按揉眼睛）这事太让我震惊了，我一时还接受不了。

利　娅　我现在也还是云里雾里的。

汤　姆　你刚问我什么？哦，对——只要财产最少三分之一留给他的合法妻子，剩下的给你多少都是他的自由。你生活上没有后顾之忧。（叹了口气，身子前倾，手撑着头）你说他还自己开飞机？

---

① Uniroyal，轮胎品牌。

利　娅　对啊，他还玩滑翔机。

汤　姆　我认识他这么多年，他几乎不坐飞机，除非万不得已。

利　娅　噢，他一到天上就容光焕发。（停顿）我不明白。我真的……不明白。会不会是两个人？有这可能吗？

汤　姆　……我能不能问一下……？

利　娅　什么……话说，你跟他认识很久了吗？

汤　姆　十六七年了。你们决定结婚的时候，他应该是跟你说他已经离婚了……

利　娅　当然。我们一块儿去的里诺。

汤　姆　真的吗！那后来呢？

利　娅　天，我竟然都给忘了……（突然打住）我怎么会这么蠢！那会儿是七月，外面热得像个火炉，所以他就让我待在酒店里，自己去拿离婚证……（她沉默了）

汤　姆　然后呢？

利　娅　（摇头）天啊——我真是个傻瓜！我很好奇，想看看离婚证长什么样儿，所以……

　　　　〔莱曼上场，身穿短袖夏衫，头戴牛仔帽。

58

也没什么特别理由，就是从来没见过……

莱　曼　我给扔了。

利　娅　(惊讶地笑道)干吗扔了！

莱　曼　我不想回首过去，我感觉我现在就跟二十五岁似的！(笑起来)你怎么呆住了！

利　娅　我一直都不相信你真的会娶我，亲爱的。

莱　曼　(把她拉过来)我只相信感觉，利娅——是你让我重新意识到了这点。感觉像一团乱麻，可我有生以来做过的好事全都是跟着感觉走的结果，反倒是那些让我抬不起头的龌龊事都是思前想后的产物。我真的不能失去你，利娅，你是我的珍宝——你脸色不太好……怎么了？

利　娅　我不想说。

莱　曼　告诉我。求你了！

利　娅　我知道的每一段恋情最后都只能靠谎言维系。

莱　曼　不是所有人都必须那样！

利　娅　(犹豫)我有几句话想说。我希望我们能立一个不一样的结婚誓言，比如"我的爱人，我发誓让你过上幸福的生活，只不过可能偶尔需要对你撒撒谎"。(他大吃一惊，但随即粲然一笑)——我想这样发誓，可以吗？是不是吓到你了？

莱　曼　你可真敢说——过来。（拉起她一只手，闭上眼）我准备去学开飞机。

利　娅　冷不防说什么呢？

莱　曼　因为我害怕坐飞机。我要一个一个地战胜我害怕的东西，等把它们都打败了，我就自由了！（握住她的双手，鼻子贴鼻子）车和司机在楼下等着。（抬起一只手示意）该去参加你的婚礼了，利娅，我亲爱的！

　　　　　　　　　　　　　　〔莱曼保持抬手姿势下场。

利　娅　……到头来全是谎话！怎么可能？他为什么这样？他到底想要什么？

汤　姆　其实……（努力回忆）对，大概是九年前，他确实跟我讨论过离婚的事……不过那时候我没当真。那天他突然跑过来跟我说他做了个"调研"……

　　　　　　　　　　〔莱曼换了身西装上场。汤姆此时已离开
　　　　　　　　　　利娅的表演区域。

莱　曼　……汤姆，我最近在研究重婚。

汤　姆　（笑起来，诧异地）重婚！你说什么呢？

60

莱　曼　你知道吗，美国现在重婚的人不计其数？

汤　姆　是吗？那又怎样……？

莱　曼　……而且重婚的不光只有黑人和穷人。我在考
　　　　虑为被抛弃的人设计一个保险。可以叫"重婚保障
　　　　险"。(汤姆笑)我说真的。我们可以把保费定得很
　　　　低。这多好，尤其是对少数族裔妇女来说。

汤　姆　(钦佩地)啧啧！你究竟是怎么想出这些鬼点
　　　　子的？

莱　曼　我只是设身处地为他人着想罢了。——话说，
　　　　你知道重婚罪被起诉的概率有多大吗？

汤　姆　还真不知道。不过重婚罪里没有受害人，概率
　　　　应该不会高。

莱　曼　我也这么觉得。你找人查一下好吗？我想知道
　　　　个准数。——我会在埃尔迈拉待到周五。(莱曼准
　　　　备离开但又有些踟蹰)

汤　姆　你好像不太开心？

莱　曼　……可能吧——是有点儿。(咧嘴一笑)到七
　　　　月份我就五十四岁了。

汤　姆　五十岁更像一道坎吧。

莱　曼　我爸五十三岁死的。

汤　姆　那你已经过了这一关。不管怎么说，在我认识的人里，你是身材保持得最好的。

莱　曼　你就扯吧。

汤　姆　莱曼，出什么事了？

莱　曼　我觉得自己特没种。（笑了一声。突然紧张起来；然后，似是要直面挑战，猛地转向汤姆）汤姆，你是我最信任的人。（咧嘴笑）——我猜你知道我做了对不起希奥朵拉的事。

汤　姆　嗯，我是怀疑过，对——自从那次我撞见你在办公桌上办那个巴基斯坦打字员。

莱　曼　（笑）"办"——我喜欢你们长老会教徒的用词，好多年没听过了。

汤　姆　是贵格会。

莱　曼　（忏悔似的，轻声地）不止她一个，汤米。

汤　姆　（笑）天，你哪来那么多时间？

莱　曼　让你反感了？

汤　姆　还能忍受。

莱　曼　（停顿；镇定情绪，然后……又咧嘴一笑）我好像恋爱了。

汤　姆　莱曼……你别跟我说……

莱　曼　（指着他，紧张地笑）你看你！——天，你是真爱希奥朵拉啊，是不是！

汤　姆　那当然！——你不会在考虑要离婚吧？

莱　曼　我也不知道。可能我只是想把这事说出来。

汤　姆　你确定你真的爱那个女人吗？

莱　曼　确定。每一个新认识的女人就像一片未知的新大陆，而现在我只想笔直地朝前航行，汤姆。下半辈子我只想跟一个女人过。但我无法想象这个女人是希奥。

汤　姆　你知道她爱你有多深，莱曼。

莱　曼　汤姆，我也爱她。可是在一起三十二年了，我们彼此都厌倦了，真的。厌倦也是一种欺骗，不是么？而欺骗已经成了我心里的纳粹，我最深的恐惧——我现在只想每天都真实地活着，到死为止。你说人有可能像这样诚实吗？

汤　姆　不用我说你也知道，问题不在于诚不诚实，在于你的诚实伤害别人有多深。

莱　曼　是啊。你们教会怎么样？不过就算去了应该也解决不了问题吧。

汤　姆　我有点想象不出你祈祷的样子，莱曼。（稍作

停顿）

莱　曼　祈祷了就会得到答案吗？

汤　姆　不知道，也许我们能做的只有祈祷走到人生尽
头时只留下美好的遗憾。

莱　曼　汤姆，你出过轨吗？

汤　姆　没有。

莱　曼　对上帝发誓？——我可见过你眼睛直勾勾地盯
着这里的姑娘们。

汤　姆　我说的是实话。

莱　曼　这会是你最后留下的遗憾吗？

　　　　　［汤姆不好意思地笑了，莱曼也一块儿笑起
　　　　　　来。突然间，莱曼露出痛苦与难堪的神色。

……妈的，这太残忍了，汤姆，原谅我好吗？该
死，我干吗要这样自怨自艾？这种罪恶感压根没有
意义！我从这里白手起家，创造了四千二百个工作
岗位，招收了六十多个贫民窟出身的黑人当办公室
文员，这在当年可不容易——去他妈的，我应该为
自己感到自豪！我自豪！我很自豪！（他猛地砸在
办公桌上，然后平静下来，注视前方，眉眼低
垂）我喜欢从你这儿看出去的风景。冬夜里，汽车

尾灯汇成一条红色的河，沿着公园大道流淌——开着暖气的豪华轿车里，一双双雪白光滑的大腿交叠在一起……天啊，世上还有比这更性感的画面吗？（转身面对汤姆）我总想起我爸——他是那么全力以赴地在生活；每天一早迫不及待地打开店门，开开心心地清点腌菜，摆放发酵桶。像他那样的人知道什么是最重要的。那是什么呢？你知道什么是最重要的吗？

           [汤姆不语。

——好了，你不用担心，我真的想象不出没有希奥朵拉的生活，她是顶好顶好的妻子……我爱这个女人！跟你聊过好多了，汤姆。（准备离开，又止步）也许就是这么回事吧，要想随心所欲地活着，到最后注定没好下场。

         [莱曼下场。利娅捂住脸，汤姆观察她，
          停顿。

汤 姆 对不起。

利 娅 他从一开始就全都精心设计好了。

汤 姆 我倒觉得更像是……一连串临时起意的结果。

利 娅 是因为孩子——知道我有了以后，他就什么道理都听不进了……

> ［莱曼身穿冬天的大衣急匆匆地上场，上
> 来就伸手捂住她的嘴。

莱　曼　别告诉我来晚了。(亲吻她)你拿掉了吗？

利　　娅　我刚准备出门去医院。

莱　曼　谢天谢地。(把她拉到椅子边一起坐下)亲爱
　　　　的，拜托你给我一分钟，然后要怎么做都随你。

利　　娅　(痛苦地)别说了，莱曼，那不可能。

莱　曼　你知道，要是你这么做了，我们的关系就回不
　　　　去了。

利　　娅　亲爱的，这样下去结果就是变成单亲妈妈，我
　　　　不想要那样。

莱　曼　儿子的名字我都想好了。

利　　娅　(被逗乐了，摸着他的脸)你怎么就知道是
　　　　儿子？

莱　曼　我的直觉从没错过。我跟女人的肚子亲密无
　　　　间。儿子的名字就取我爸爸的名字本杰明，再加上
　　　　我外婆的名字亚历山大，他们俩是我最敬爱的人。
　　　　(对自己的自私哑然失笑)你可以帮他取个中
　　　　间名。

利　娅　（强颜欢笑）那真是谢谢了!（她欲起身却被他拉住)大夫叫我别迟到。

莱　曼　俄罗斯人有个老习俗，在每一次重大的离别之前，都要静静地坐上片刻。把这一刻留给本杰明吧。

利　娅　他不叫本杰明，别再说了!

莱　曼　相信你自己的感觉，利娅，别的都不重要。你真正想要的是什么?

〔片刻静场。

以后我会早上开车送他去上学，还会带他去看球赛。

利　娅　一个月送个两回?

莱　曼　等这儿的新公司设置好，以后大半时间我都能在这儿陪你。

利　娅　那希奥朵拉呢?

莱　曼　我不想谈她。

利　娅　是不想跟我谈她吧?

莱　曼　我没法骗自己，亲爱的，她确实是个贤惠的好妻子。这对她太不公平。

利　娅　一直这样瞒下去——那我要怎么办? 我已经搞

不清自己到底算什么了。再说她早晚会发现的，到时候怎么办？

莱　曼　如果到了一定要做选择的时候，我会选你。但这里一个她认识的人都没有，被她发现的可能性只有百万分之一。我现在已经一半时间都在你这儿了，不是一直都挺好的吗？

利　娅　（摸着肚子）……那我们怎么跟它解释？

莱　曼　……本杰明。

利　娅　别再叫它本杰明了！现在还不到三周呢！

莱　曼　够大了，能叫本杰明了——他已经有了自己的星座，恒星和行星；他已经有了一片未来！

利　娅　……我怎么觉得我们好像忽略了什么事？我心里一直在犯嘀咕——是什么呢？

莱　曼　大概是我太急不可耐了吧。（亲吻她的肚子）

利　娅　是吗？——我也说不上来……总觉得这个孩子好像不是……怎么说呢——不是理所当然的。

莱　曼　亲爱的，我从来没像现在这样渴求过什么，除了二十几岁那会儿，我费尽心思想当个诗人，留下传世杰作。

利　娅　真的吗？

莱　曼　千真万确。

利　娅　这番话很感人，莱曼，我很感动。

　　　　　　　　　　　　　　　〔气氛僵持了一会儿。

　　　但我做不到，我不愿意，从小到大都是这样，承担
　　　所有后果的总是我；以后抚养你孩子的重担会落在
　　　我一个人身上，我知道自己总有一天会怨恨这一
　　　切——甚至可能包括你。你让我回到了十二三岁时
　　　的自己，去哪里度假，买什么车，选什么颜色的窗
　　　帘，我爸妈全都要我做决定。我讨厌做决定！跟你
　　　在一起最享受的一点就是，我可以什么都不管，把
　　　方向盘交给你掌控，现在你却又要把方向盘丢给
　　　我。这完全不是我想要的。

莱　曼　我想着，假设我们能在一起生活十年吧，到那
　　　时候你还风华正茂，手里又有钱，而我……

利　娅　……索然步入暮年。

莱　曼　我只是在努力面对现实，现实生活就是这么残
　　　酷，亲爱的。除了我，你还像这样爱过其他男
　　　人吗？

利　娅　没有。

莱　曼　对吧？这就是唯一的现实。

利　娅　既然你这么喜欢现实，那就开车送我去医院吧。（她站起来，他也随之起身）看你愁眉苦脸的！可怜的人啊。

　　　　　　　　　　　　〔她亲吻他，似是无声的告别；

　　　　　　　　　　　　她拿起外套，转身面对他。

我已经拿定主意了，亲爱的，现在该你做决定了。

莱　曼　你要是这么做了，我们就会失去彼此。我感觉得到。

利　娅　不想失去我，方法很简单，亲爱的，发明这个手术大概就是为了这种时候。——走吧，你要是愿意的话可以去医院等我。不去也行，明天我就回来了。（她拉他，他不走）

莱　曼　等我一个星期，让我告诉她好吗？你才刚怀上不是吗？

利　娅　告诉她什么？

莱　曼　……告诉她我要娶你。

汤　姆　我明白了。

　　　　　　　　　　　　〔莱曼走进暗光处。

利　娅　我不明白；他有过那么多女人，为什么就认定我不可替代？（她低头看表，沉默片刻）天啊！我该怎么跟我儿子说？

汤　姆　他九岁了吧？

利　娅　还很崇拜莱曼。当神一样。

汤　姆　我差不多该去医院了。(他准备离开，又踟蹰
　　　　止步)你不想回答我也没关系，你觉得你还会接受
　　　　他吗？

利　娅　(思考片刻)你怎么问得出这种话？简直不可
　　　　理喻！——希奥朵拉她会吗？她给我的感觉是一个
　　　　很说一不二的女人。

汤　姆　她也有柔软的一面。——大概她还没来得及去
　　　　想今后的事情，就跟你一样。

利　娅　这一件件事倒是让我想起了以前我对莱曼的看
　　　　法……你可能会觉得很傻很荒诞……

汤　姆　说吧，我很想多了解了解他。

利　娅　就是，他想要的东西太多了；像一个进了游乐
　　　　场的孩子，一会儿要吃苹果糖，一会儿要吃棉花
　　　　糖，一会儿又要坐过山车……他的欲望永无止境；
　　　　这也正是他最吸引人——吸引女人——的地方。莱
　　　　曼想要的是你的身体，而你能够像这样被别人渴求
　　　　的机会少之又少。现在的男人大都冷淡，他们虽然

有欲望，但并不渴望。而这个男人却充满了强烈的渴望，对过了二十五岁的女人来说，这样的男人实在……太难得了。实话跟你说吧，我内心深处早就察觉到他在隐瞒什么，但……大概是我太爱他了，所以才会……（突然打住）——我不能说这种话；决不能原谅他！我就没听过这么恶心的事！我回答你，我不会，绝对不会！

汤　姆　（点点头，想了想，然后开口）好吧，我该走了。希望你们母子能顺利渡过这一关。（他下场）

〔利娅表演区域的光灭。

第一幕

第三场

  莱曼鼾声轻响；睡得很沉，但噩梦连连，嘴里喃喃，一只胳膊抬起。

  汤姆和护士上场。她翻开莱曼的眼皮。

护　士　他还是一会儿昏睡一会儿清醒，你可以叫叫他
　　　　试试。

汤　姆　莱曼？你能听见吗？（莱曼鼾声停止但仍闭
　　　　着眼）我是汤姆·威尔逊。

护　士　再试试，照理这会儿他也该醒了。

汤　姆　莱曼，我是汤姆。

莱　曼　（睁开眼）你怎么在店里？

汤　姆　这里是医院。

莱　曼　医院？噢，对对对……天啊，我刚梦见我在我
　　　　爸的店里；他每次看见我都会摇着头说："无药可
　　　　救。"（疲惫地笑了笑，试图集中注意力）让我缓
　　　　缓；脑子有点儿乱。你怎么来了？

汤　姆　希奥朵拉给我打了电话。

莱　曼　希奥朵拉？

汤　姆　你的车是在纽约注册的，所以州警察打电话通
　　　　知了她。

莱　曼　我做了个奇怪的梦，梦见她和贝茜……（突然
　　　　打住）她们不在这里吧？

护　士　我告诉过你你太太来了……

汤　姆　（对护士）能让我们单独待会儿吗？

护　士　可我真的告诉过他。（下场）

汤　姆　她们俩见过面了，莱曼。

莱　曼　（一顿，竭力控制自己）希奥……她没晕过
　　　　去吧？

汤　姆　她晕倒了，不过现在已经醒了，歇歇就没
　　　　事了。

莱　曼　我糊涂了，我以为全都是我在做梦……

汤　姆　当成梦就没那么难熬了，你这么想也是在所

难免。

莱　曼　你为什么这么残忍？

汤　姆　没时间打哈哈了，好多事等着你做决定。电视
　　　　上都在说你的事……

莱　曼　哦。你见过她了吗——利娅？我算是完了。

汤　姆　我跟她聊了聊。她是个不同凡响的女人。

莱　曼　（感激地）是吧——她也气得不行吧？

汤　姆　那不然呢？

莱　曼　事情是……我本来以为我早晚会跟希奥离婚。
　　　　但后来我觉得有两个人陪我也挺好。时间长了感觉
　　　　也不那么罪恶了……贝茜怎么样？

汤　姆　估计对她打击很大。

莱　曼　天啊，还有可怜的小本尼！老天啊，收了我
　　　　吧，让我消失吧。

汤　姆　电视上都在声讨你。我觉得你应该尽快发表声
　　　　明，快速了结这件事。说明你的打算。

莱　曼　我有什么打算？她们俩要什么就给她们什么。
　　　　我大概会换个地方生活……巴西或者哪里……

汤　姆　她们俩你一个都不挽留？

莱　曼　你疯啦？她们这辈子都不会再想跟我扯上关系

了。我的天啊……(他别过身，噙着泪水)我怎么会就这样把一切都毁了呢——都怪我这禀性!(精神愈发紧张)我干吗要冒着暴风雪开车——我想不通! 我在豪生酒店开了房间，我记得我都已经在床上了……琢磨着等暴风雪过去……我到底为什么又出去了?

汤　姆　你能跟希奥见一面吗? 她想跟你道个别。

莱　曼　我哪有脸见她? 你叫她明天再来吧，也许明天我能好点儿……

　　　　　[希奥和贝茜上场;她们在莱曼后方，他看不见她们。

汤　姆　莱曼，她们已经来了。

　　　　　[莱曼闭上眼，呼吸急促。贝茜搀扶着希奥，陪她走到床边。

贝　茜　(小声惊呼)看他身上这些绷带!(别过头)噢，妈妈!

希　奥　别这样。(俯身对莱曼)莱曼?(他不知如何开口)我是希奥朵拉。

莱　曼　(睁开眼)来啦。

希　奥　你感觉怎么样?

76

莱　曼　还行吧。希望止痛药能管用……贝茜，你
　　　　来啦？

贝　茜　我是陪妈妈来的。

莱　曼　哦。好。对不起，贝茜——我的禀性太差了。
　　　　我为你感到骄傲，因为你有勇气唾弃我。

贝　茜　还有谁不唾弃你吗？

莱　曼　好！(克制逐渐颤抖的声音)说得好，宝贝。

贝　茜　(立即生气道)别那么叫我……

希　奥　(对贝茜)嘘！(静静地观察他)莱曼——是真
　　　　的吗？

　　　　　　　　　　　　　　　　　［莱曼闭上眼。

　　　　我要听你亲口告诉我。你有没有跟那个女人结婚？

　　　　　　　　　　　　　　　　　［沉沉的鼾声响起。

　　　　(更急切地)莱曼？

贝　茜　(指着他)他在装睡！

希　奥　你有没有跟那个女人生孩子？莱曼？告诉
　　　　我!!! 告诉我!!!

　　　　　　　　　［莱曼双手捂住耳朵，跑到床靠舞台后方
　　　　　　　　　　那侧，与此同时希奥和贝茜仍对着床说
　　　　　　　　　　话，仿佛他还躺在床上。

[灯光变化：光变得虚无缥缈，没有任何
　色彩。

莱　曼　（仍捂着耳朵，哀号）我听见了！

[希奥继续对着床说话，贝茜也始终面朝
　床，姿势固定不变，此刻她们变成了他
　所见幻象的一部分。

希　奥　你都干了什么！

[莱曼在自我矛盾中挣扎，他清了清嗓子，
　站在舞台后方离床有些距离的地方。

贝　茜　（俯身靠近床）嘘！他在说话！

莱　曼　我明白……这话听起来有多离谱，希奥朵
　　　　拉……（突然打住）

希　奥　什么？

莱　曼　……虽然不太肯定，但……我在想这场车
　　　　祸……也许是在冥冥之中……为了让你们俩……最
　　　　终得以相见。

希　奥　（嫌恶地）见她？

莱　曼　我知道听起来有些荒唐，但……

希　奥　荒唐——是恶心！她那种女人连自己的内裤都
　　　　想不起来洗！

莱　曼　（皱起眉头，但又带着几分欣然赞许)我就知
　　　　道你会这么说！不过，我承认，她有时候是有些邋
　　　　遢⋯⋯

希　奥　她们这代人是美国历史上最差劲的一代——随
　　　　便跟谁都能上床，然后像猫一样到处下崽，满嘴匪
　　　　夷所思的歪理，什么宇宙责任、环保、人权！

莱　曼　你出口成章的本事真是让我到死都佩服！

希　奥　我要你亲口跟我解释。莱曼？莱曼！

　　　　　　　　　　　〔利娅上场。希奥立即应对。

　　　　这里只允许家属进来！（对贝茜)去叫护士！

利　娅　（无视希奥，走向病床，试探莱曼对她的反
　　　　应)莱曼？

希　奥　（对汤姆)把她赶出去！（汤姆不动，她怒气
　　　　冲冲地走向他)这里没她的位置！

利　娅　（对病床，温情款款地)是我，莱曼。能听得
　　　　见我说话吗？

希　奥　（气势汹汹地冲向利娅)滚出去，滚出去，滚
　　　　出去！

　　　　　　　　〔正当她要对利娅动手时，莱曼挥动双臂
　　　　　　　　大声哀求。

莱　曼　你们都给我躺下！

　　　　　　[三个女人像是突然被他控制了似的瞬间
　　　　　　安静下来。莱曼做手势示意希奥和利娅
　　　　　　躺在床上，没有直接碰到她们。

利　娅　（一边躺下一边用轻柔缥缈的声音说道）我该
　　　　怎么跟小本尼说？哎呀，莱曼，你为什么……

希　奥　（躺在利娅边上）你身上有股味儿，应该喷点
　　　　东西。

利　娅　他喜欢我身上的味道。

希　奥　恶心。（对莱曼）要是我们俩把别的男人带上
　　　　床还叫你躺在他边上，你会怎么想？

莱　曼　（取下她的眼镜）噢，亲爱的，我会杀了他。
　　　　可你是大家闺秀，希奥朵拉；你像一尊精雕细琢的
　　　　艺术品，你高贵的眼眸，你对我天真烂漫的信任，
　　　　还有你的幻灭；你的理想主义和你内心深处对财富
　　　　的贪慕；你抚摸我的手像木头一样僵硬，你烧的饭
　　　　永远得按新教规矩这个不能加那个不许放；你对外
　　　　事的世故，你对房事的生疏；你朴实无华的鞋子和
　　　　无私奉献的母爱，你从前不容异己的激进主义思想
　　　　和现在坚定不移的爱国主义情怀——你的希奥朵拉

主义！谁能把你取代！

利　娅　（笑）我怎么这么想笑！

莱　曼　因为你是个无政府主义者，亲爱的！（他摊开手脚躺在她们身上）噢，多么快乐，多么刺激！逆流而行的你就像带电的电线裸露在外！（挨个亲吻她们）我一定会保护你们，到死为止！两个幸福的妻子，两倍的火热——简直就是天堂！（把头靠在利娅身上，拉过希奥的一只手贴在自己的脸颊上）

利　娅　听好，你必须做出决定。

莱　曼　我只想能拖多久拖多久，就这么拖到我们都死了吧！拖啊，拖啊，就这么拖下去，我亲爱的利娅，多好啊！

希　奥　（坐起来）我想不通你怎么还能滔滔不绝地谈论爱。

莱　曼　就算这样我也爱你，希奥朵拉，就算你身上的某些部分让我恼火！

希　奥　所以你就找了另一具身体代替。

　　　　　〔利娅仍平躺着，她抬起一条腿，裙子滑下来，露出了大腿。

莱　曼　（一边亲吻利娅的大腿一边回答希奥）对，你说的没错——至少刚开始的时候只是肉欲。

利　娅　（伸展手臂和身体）啊，刚才太爽了！到现在我的脚尖还在颤抖。（希奥帮他穿上衬衣和裤子，把外套递给他）你身体可真好。

莱　曼　（两人走出希奥的表演区域）你的意思是就我这个年纪来说？确实。

利　娅　我不是这个意思！（敲门声咚咚响起。她微微一怔，转向舞台后方。一个男人恼怒的声音响起，听不清在说什么。她一动不动地站着）

莱　曼　你还好吗？

利　娅　没事！有空陪我走走吗？

莱　曼　我的身体很好；好到常常害我干出不光彩的事。

　　　　　　　　　　　　　［舞台上有一张公园长椅。

利　娅　怎么会！

莱　曼　不然，我现在怎么会跟一个小姑娘在公园里溜达呢，而且还是在上班的日子！今天下午我本来没打算做这些。你之前知道我有这种打算吗？

利　娅　不……从来都不知道。

莱　曼　真的？可你看起来做事很有计划。

利　娅　在生意上是的，在享乐上不会。

莱　曼　让我没想到的是，你居然会当着一桌子高管的面哈哈大笑。

利　娅　因为你的演讲太有意思了。我早就听说你是个有思想的人，不是只会闹笑的。

莱　曼　保险本质上就是可笑的，不是吗——至少是可悲的。

利　娅　怎么说？

莱　曼　买保险买的是死而不朽，不是吗——在坟墓里头掏钱为亲人埋单，提醒他们你曾经活过？多有诗意。曾经灵魂是不朽的，而现在我们有保险。

利　娅　听你的口气深恶痛绝啊。

莱　曼　绝对没有——我最早是搞创作的，搞创作的人是最渴望不朽的。

利　娅　后来怎么改行干保险了？

莱　曼　纯属偶然。你呢？

利　娅　我妈妈去世了，爸爸又中风了，足不出户能干的活儿保险算是一个。我爸是个医生，认识不少人，生意就这么做起来了。

莱　曼　我说句话你别误会——知道在我眼里你哪一点

最性感吗？

利　娅　哪一点？

莱　曼　经济独立。是不是很差劲？

利　娅　怎么会？（挖苦地）加分项当然是越多越好。

莱　曼　听下来你还没结婚吧？

利　娅　现在才问这个！（两人大笑，靠得更近了）我没法想象自己结婚……反正现在还不行。我说，你在听我说话吗？

莱　曼　在听，只不过我的心思一直飘向一个热乎乎、毛茸茸的地方……（利娅欣喜地笑）真有意思，我们这代人结婚是为了证明自己成熟了，而你们这代人为了同样的理由而选择不结婚。

利　娅　说得真好！

莱　曼　我真是个幸福的人！（闻自己的双手）沐浴在埃尔迈拉的阳光下，身边有你，手上还有你的味道！天啊——有那么多方式去感受活着的真切！虽然不知道这里头有什么关联，不过我二十岁那年帮《纽约客》写了三首诗，在《哈泼斯》杂志上发了一篇小说，拿到稿费后做的第一件事就是煞有介事地买了一套蓝西装，想让我爸爸看看，就算当个作家，我也有实打实的成就。我爸开了家腌菜店，在四街和第九大道交叉口。（咧开嘴，近乎大笑）他看见我的西装后说："你花了多少钱？"我说："二十九块五。"我觉得我捡了个大便宜。结果他说："后半辈子你就求老天爷多担待吧。"

利　娅　（笑）太惨了吧！

莱　曼　不——他的话反倒刺激了我！（笑）我爸有两个大智慧——一是不相信，二是不原谅。真神奇，就像变魔法似的，我一点儿都想不起来我们是怎么搞上床的。

利　娅　（看了一眼表）我得回公司去了——话说"莱曼"是个阿尔巴尼亚名字吗？

莱　曼　是马萨诸塞州伍斯特市一个法官的名字，是他签发了我爸的公民身份。菲尔特是从我妈的姓氏菲尔特曼简化来的，因为我爸的姓氏太难念了，而且他们希望自己的儿子当个光鲜体面的美国人。

利　娅　这么说你妈妈是犹太人？

莱　曼　也是引发我所有内心矛盾的罪魁祸首。我犹太人那半心里住着律师和法官，而阿尔巴尼亚那半心里住着手里拿刀反政府的匪徒。

利　娅　你真让我意外！（她起身，莱曼也一同起身）

莱　曼　意外地傻？

利　娅　意外地有趣，而且还是在保险行业。

莱　曼　（牵起她的手）你是从哪一刻开始被我吸引的——我有点好奇。

利　娅　我也不知道……可能是开会的时候，我忽然觉得，"他好像是专门说给我听的"。然后我转念一想，大概这就是为什么他当推销员这么成功吧，让每一个谈话对象都感觉被重视。

莱　曼　知道吗——我从来没跟犹太女孩处过。

利　娅　你也是我处的第一个阿尔巴尼亚男人。

莱　曼　你的眼睛里有一种古老的气质。不该说老——是悠久。就像我们的同胞。

利　娅　（抚摸他的脸颊）多保重，亲爱的。

莱　曼　（利娅准备离开，从他面前经过，他拉住她的手）我怎么觉得自己对你一无所知？

利　娅　（耸肩，微笑）大概是因为你刚才没在听……只要你有合理的理由，我就不怪你。

莱　曼　（放开她的手）因为我的魂儿在你大腿间的山谷里徜徉。（利娅笑着，飞快地亲了他一口）待会儿你走的时候，能回头看我一眼吗？

利　　娅　（饶有兴趣地）行啊，不过为什么？

莱　　曼　（用浪漫主义的口吻半开玩笑）这次我得坐小
飞机走，万一飞机坠机，我想在坠落的时候回味这
个画面——

利　　娅　（一边挥手一边倒退着走）再见，莱曼……

莱　　曼　那个砸你房门的家伙我能问问他是谁吗？

利　　娅　（被问了个措手不及）我以前跟他交往过……
他很生气，没别的。

莱　　曼　你怕他吗？

利　　娅　（耸耸肩，不置可否）再见，亲爱的。

　　　　　〔她转身走了几步后停下，转头给了莱曼
一个回眸，然后下场。

莱　　曼　太美了。（独自一人）太神奇了。（思忖片刻）
不过……真的有那么完美吗？（掏出手机，苦恼
地）希奥——嗨，亲爱的，飞机马上要起飞了。当
然了，这事有大展宏图的潜质；我跟安泰①在这里
的总代理谈过了，那位女士同意带我们一块儿干，

① Aetna，医疗品牌。

这样一来估计以后我要在这儿多待些时间。对，是个女的；她的公司很不错，我有点儿想买下来。亲爱的，要不你买张票飞过来，我们租辆车，去樱花谷兜风怎么样——现在是樱花开得最好的时候！噢，我把这事给忘了——不不不，那你还是去吧，别爽约了；没关系；没事，我只是突然觉得事情进展得太快了……你有没有过这种感觉，感觉自己从来没有真正了解过什么人？

〔她从未有过这种感觉；这让他憎恶，语气逐渐犀利起来。

我有，我时常会有这种感觉，很强烈；有时候我感觉自己会消失得无影无踪，希奥！（浪漫的情绪消失，转变为不悦，带着隐隐的怒火）希奥，亲爱的，我没有针对你的意思，只是想说，看了那么多分析，读了那么多小说和那么多弗洛伊德，我们还是像教堂墙上排列的雕像一样晦涩难解。（他挂上电话。一束光打在床上。他走到床边，低头看应该躺在床上的自己。贝茜、希奥和利娅一动不动地站在床边，汤姆站在另一边观察她们。莱曼慢慢举起双手，望着天，作恳求状）我们都在一个山洞里……（三个女人动起来，刚开始幅度很小；她们转动头，像是在寻找某样东西，或是在远处，或是在头顶上，又或是在地上）……我们进到里面，为了寻找爱情、金钱或是名誉。这里一片漆黑，像睡梦一样漆黑，每个人都盲目地摸索着，去寻找另一个，去触碰，渴望触碰却又害怕触碰；渴望着，又害怕着。

[在他说话的时候，女人们和汤姆交错行走，彼此擦肩而过，在舞台上越走越远，身影一个个地消失。莱曼走到床头，床上放着他的石膏绷带。

现在……既然到了这一步……我们该如何选择？

[收光。

第二幕

第一场

医院等候室里，汤姆和希奥一同坐着。

汤　姆　说真的，希奥，让贝茜陪你回纽约吧。

希　奥　别再提这事了！（微微顿了顿）我必须跟他谈谈……以后我再也不要见到他了。我不能就这么一走了之。我的头在抖吗？

汤　姆　好像有一点儿。要不要找个医生帮你看看？

希　奥　过会儿就好了，我们家的人都容易发抖，我一紧张就会这样，已经好多年了。现在几点了？

汤　姆　再等他们几分钟吧——你脸色很不好。

希　奥　（手指按太阳穴缓解症状）你跟那个女人谈的时候……有没有感觉出来……她有什么想法？

汤　姆　她跟你一样震惊。孩子是她最担心的。

希　奥　是吗？真是没想到。

汤　姆　我觉得她把那孩子看得比什么都重要。

希　奥　（勉为其难地）真是个好妈妈。这种污糟事基本上都让人觉得好笑——直到你突然想起孩子。我很担心贝茜。她就那么躺在床上，直愣愣地盯着天花板，一开口就忍不住哭。莱曼一直就像是她的……她的天。（打起精神）你说得对，我是该回去。只是感觉事情还没了结……不过也许这样最好……（伸手拿包，又停下）我不知道该怎么办。上一秒我恨不得想杀了他，下一秒我又忍不住想他是不是……一时鬼迷心窍……

　　　　〔利娅上场。她们没想到会遇见对方。停顿片刻。利娅坐下。

利　娅　下午好。

汤　姆　下午好。

　　　　　　　　　　　　　〔一阵尴尬的沉默。

利　娅　（开口问道）他怎么没在房间里？

希　奥　（慢慢转向利娅，硬着头皮跟她说话）他们带他去治疗眼睛了。

利　娅　眼睛？

汤　姆　没什么大碍，就是他前面想要爬窗。大概是梦
　　　　游吧。结果眼皮被窗外杜鹃花的花枝划破了。

希　奥　（插嘴道）他肯定没意识到这儿是一楼。

[短暂停顿。

利　娅　呵！这就有意思了，昨天晚上泰德·科比来电
　　　　话，他是我们的朋友，也是这里州警的头头。他说
　　　　那天路面结冰后他们就在摩根山的路上放置了木头
　　　　路障；他觉得是莱曼搬开了路障。

汤　姆　他们怎么确定是他干的？

利　娅　路上只有一组轮胎印。

希　奥　我的天啊。

利　娅　他很担心莱曼。他跟莱曼是好朋友，他们经常
　　　　一块儿去打猎。

希　奥　莱曼打猎？

利　娅　是啊。（希奥难以置信地摇头）但我想不到他
　　　　会抑郁到这种地步，你能吗？

希　奥　说实话……我不觉得意外。

利　娅　是吗？他跟我在一起的时候总是那么……那么
　　　　兴奋，那么快乐。（希奥瞥了她一眼，怫然不悦，

然后移开视线。利娅瞄了一眼手表)我只是有点生意上的事要跟他敲定，只要几分钟，不会妨碍你的。

希　奥　妨碍我？我感觉，你是想干什么就能干什么。

利　娅　（略微吃惊)对……我也有同感……你也一样。（顿了顿)当然这只是我的感觉。（感受到敌意，她又看了一眼表)我想告诉你……比起我自己，有时候我更替你感到难过。

希　奥　（哑然失笑)为什么！我看起来有那么老吗？（利娅又碰了一鼻子灰，一时怔住)我不该说这种话。对不起。我太累了。

利　娅　（不再追究)你女儿还好吗——她还在这儿吗？

希　奥　（难掩敌意)她在旅馆。整个人都垮了。

汤　姆　你儿子情绪还好吗？

利　娅　不好，他崩溃了，简直一团糟。（对希奥)我想着也许莱曼有办法安抚他，那孩子一直都很崇拜他。我是真没辙了。

希　奥　（怒火中烧，但忍住了)我们都是他脚下的尘土，在他的脚步后面翻腾；在他走后即尘埃落定。

比莉·哈乐黛……（扶额）我想不起来她是什么时候死的了，应该有一段时间了，对吧？

汤　姆　比莉·哈乐黛？怎么突然提起她？

　　　　〔希奥一言不发地凝视前方，汤姆和利娅
　　　　　不解地看着她。然后……

利　娅　要不我过几个小时再来吧——我两点钟还有个电话会议要开，快来不及了……（起身，走向希奥，伸出一只手）也不知道我们还会不会再见面……

希　奥　（草草地握了握她的手，立刻萌生敌意）……你知道是怎么回事吗？

利　娅　我也一头雾水。他在摩根山上比赛过，很清楚那儿的路况，就算是夏天也很危险。

希　奥　比赛？你是说赛车？

利　娅　是啊。他有一辆路特斯，一辆日产Z。原来还有一辆法拉利，但是被他撞烂了。（希奥转身，注视前方，愣住）我之前就在想……

希　奥　他一向害怕速度快；开车从来不超过六十码……

利　娅　……总觉得他很像青蛙……

94

希　奥　青蛙？

利　娅　……你看到一只青蛙的时候，永远分辨不出这只是你见过的还是没见过的。（对汤姆）你见到他的时候告诉他——电视台那帮人一直在骚扰我们；叫他务必发个声明制止外面那些无端的猜测。

希　奥　什么猜测？

利　娅　你没看《每日新闻》吗？

希　奥　到底是什么！

利　娅　我们俩都上了头版头条，标题是……

汤　姆　（安抚希奥）这不重要……

希　奥　（对利娅）标题是什么？

利　娅　《莱曼落谁家？》

希　奥　反了天了！

汤　姆　别生气。（对利娅）下午我就让他拟一份声明……

利　娅　再见，菲尔特……（突然打住；短笑一声）我本来想叫你菲尔特太太，但……（再度更正）……也对，你就是菲尔特太太——我才是冒牌的！我三点左右再来。（下场）

希　奥　她想让莱曼回到她身边，对不对？

汤　姆　为什么这么说？

希　奥　（轻笑一声）你没听到她说吗——莱曼跟她在
　　　　一起才开心！

汤　姆　她应该不是这个意思……

希　奥　（唤起强烈的竞争意识）她就是这个意思——
　　　　不过她也挺可怜的，孩子还那么小。（闷声窝火）
　　　　有可能是他想自杀吗？

汤　姆　说实话，从某方面来讲，我倒希望是这样。

希　奥　你是想说，会自杀说明他还有点良心？

汤　姆　是的——不过我猜……也许他只是想换一种生
　　　　活，过另一种截然不同的人生……

希　奥　（凝眸片刻）……也许并没有什么大不同。

汤　姆　什么意思？

希　奥　（犹豫许久）我不知道我为什么还要护着
　　　　他——他曾经想杀了我。

汤　姆　你在开玩笑吧。

　　　　　［莱曼上场，穿着泳裤在甲板上做深呼吸，
　　　　　　阳光照在他身上。希奥朝他走过去。

希　奥　我说真的！当年我还不知道有这个女人存在，
　　　　但是现在我明白了，那个时候他们不是刚结婚就是快要结婚了。(一边走向莱曼一边脱下外套,露出里面的泳衣①)莱曼的样子很奇怪,很诡异。当时我们开船去蒙托克附近的海上玩两天……

[莱曼做着呼吸练习。

莱　曼　晨雾笼罩大海的景象就像世界诞生的第一天……"牡蛎神与西哥特神……"

希　奥　《芬尼根的守灵夜》。

莱　曼　我听一下天气预报。(跪在地上,调收音机;电子杂音响起)新买的泳衣? 性感得要死。

希　奥　两年前,你在圣地亚哥给我买的。

莱　曼　(比划手枪对着自己的脑袋)砰。

播音员　(画外音)……受今年春潮异常温暖的影响,蒙托克附近海域多次出现鲨鱼……据称其中一条长达十二到十四英尺……(杂音干扰严重;莱曼比划关掉收音机)

莱　曼　天啊。

希　奥　太荒唐了,这才五月份! 我要下水游一会儿……(眺望大海)

---

① 此处表演时可以不用换装。

莱　曼　可刚才广播里说……

希　奥　听他们扯。从我祖父母那一辈开始，我们家的人都是从小就坐船来这一带海域——七月份之前海水太冷，不可能有鲨鱼。跟我一起下水吗？

莱　曼　我是地中海风格——不靠谱，不喜欢冷水。我知道我不该说这话，可你都听见广播说的了，还这么固执……让人感觉……怎么说呢——很疯狂。

希　奥　（坚定地哈哈一笑）这话才是真的不该说！你要是认定了什么事，还不是跟我一样固执。

莱　曼　还真他妈是这样！我喜欢你这种信念——去游吧，我帮你看着。

希　奥　（甜蜜地笑）亲爱的，你就是受不了我跟你意见相左，但你要知道，这对你的禀性是最好的锻炼。

莱　曼　对！我的禀性太差了。下海吧！（从希奥身边走开，扫视大海）

希　奥　（做弯腰跳水状)各就各位……预备……

莱　曼　（指着左侧)那是什么！

希　奥　不是鲨鱼，鲨鱼不会停着不动，那就是块木头。

莱　曼　这样啊。好，你跳吧。

希　奥　我要冲刺！等等，让我热个身。(后退几步准
　　　　备冲刺)来啊！跟我一起。

莱　曼　我不行，亲爱的，我怕死。

　　　　　[希奥在他身后，原地跑跳。莱曼背对着
　　　　　她，注意到右前方有什么东西；他目瞪
　　　　　口呆，惊恐地看着游动的鲨鱼。希奥弯
　　　　　腰准备起跑。

希　奥　好嘞，预备——一，二，三！(她跑了起来，
　　　　正要跟莱曼擦肩而过，莱曼在最后一刻拉住了
　　　　她)

莱　曼　停下！

　　　　　[他指向前方；她顺着他手指的方向看去，
　　　　　脸上露出惊恐的表情，两人看着游动的
　　　　　鲨鱼。

希　奥　天啊，这么大一条！啊！(恐惧涌上心头，她
　　　　突然大哭起来；莱曼把她抱在怀里)

莱　曼　亲爱的，你什么时候才肯相信我说的话！

希　奥　我要吐了……

　　　　　[希奥作势要吐，猫着腰跑进暗光处。莱

曼身上的光熄灭，等候室里汤姆身上的光亮起；他注视前方，认真听着。亮光的区域扩大，希奥穿着毛皮大衣出现。

汤　姆　听着像是他救了你啊。

希　奥　是啊，我也一直这么跟自己说，可我现在必须面对现实——（走到舞台前部；重新陷入痛苦的回忆）——他没有用尽全力喊，不是……

　　　　　〔莱曼身上的光亮起，他仍穿着泳裤。他声嘶力竭，惊恐地大喊……

莱　曼　停下！（呆若木鸡地看着水里的鲨鱼。他身上的光灭）

希　奥　更像是……

　　　　　〔莱曼身上的光再次亮起，他大喊——焦急程度只有刚才的一半……

莱　曼　停下。

　　　　　　　　　　　　〔莱曼身上的光灭。

希　奥　我跟你说，他差点让我去送死。

汤　姆　不会的，希奥，你心里知道不是这样的。不然你是怎么跟他过到现在的呢？

希　奥　怎么过到现在的？（尴尬地苦笑）其实我们闹

过两次分手……一连好几个月都没……做过。（渐
渐愤怒起来）不，去他妈的，我不会再逃避了——
我能跟他过到现在也许是因为我堕落了，汤姆。我
以前肯定不是这样，可现在谁能说得准呢？他很有
钱，不是吗？还是个有头有脸的人物，要是没有
他，我一个人怎么过？一旦认清了对方的真面目，
谁还会愿意继续厮守下去？（脸一黑）我还待在这
儿干什么？我这辈子都没像现在这么蠢过！（忿忿
地抓起包）

汤　姆　希奥，你爱他。（伸手拉住她）先回家吧，好
吗？冷静一下，过几个星期再做决定。（希奥忍住
泪水，他拥抱她）说这话你可能会觉得我疯了，但
他心里有一部分是爱慕你的。这一点我可以肯定。

希　奥　（突然冲他大吼）我恨他！我恨他！（她身体
僵硬，脸色苍白，汤姆抓住她的肩膀防止她倒
下。顿了顿）我要躺一会儿。我们可能今晚就回纽
约。他要是醒了就给我打电话——还什么都没弄清
楚，就这么走了，我实在不甘心。也许我就该一走
了之……（摸了摸额头）我的样子奇怪吗？

汤　姆　就是看着有点儿累。走吧，我帮你叫辆车。

希　奥　旅馆离这儿只有几个街区，我想走走，透透
气。（正要走，又回头）这儿的风光还是这么美，
真神奇。好像这世上从来没发生过坏事。（下场）

　　　　〔汤姆独自一人站在台上，抱着胳膊，凝
视远方，思索解决之法。

　　　　　　　　　　　　　　　　〔收光。

第二幕

第二场

　　莱曼房间内。他正熟睡，起初鼾声徐徐，而后开始梦呓。

护　士　你就不能消停一会儿？睡个觉比醒着的人还忙活。有时间你该跟我们一块儿去冰钓，性子就能慢下来了。

　　　　［护士下场。睡梦中他开始呻吟，气氛紧张起来。利娅和希奥上场，分别站在他两侧两个高起的平台上，犹如两尊神像。她们身穿围裙，头发像家庭妇女那样用发带束起，但像死尸一样一动不动，阴森森的虚光打在她们身上，凝固的静像

令人生怖。就这样过了许久，她们终于动了起来。如同在现实中一样，她们喜怒不形于色，彼此打量，与己相较。两人对话的语气肃穆，毫无波澜。

希奥　我一点儿不介意你做几顿饭，我也不是什么都会。

利娅　（大方地)但我听说你很会做甜点。

希奥　对，苹果酥饼，姜饼配掼奶油。（自信起来)还有我最拿手的早餐华夫饼，淋上纯正的枫糖浆，不过莱曼不要香肠。

利娅　我会做土豆煎饼、酸菜猪肉浓汤。

希奥　（不以为然)加一堆红椒粉?

利娅　当然了，要化在里面。

希奥　（感觉落了下风，作难地)化在里面! 那我可能做不来。

利娅　（微笑，乘胜追击)对，要化在里面，化得很均匀! 我做的鱼饼冻轻得像天上的云彩。（双手一拍)手上沾水然后不停拍打，直到它的形状变得完美!

希奥　（垂死挣扎，作难地)他特别爱吃我做的蜜汁火腿。对——还有煮牛舌! (灵光一闪)蛋奶糊!

利　娅　（大方地）你可以做蛋奶糊和蜜汁火腿，我做

　　　　　鱼饼冻和浓汤……把红椒粉化在里面。

希　奥　能让我做几次？一个月做个一两次？

利　娅　让他决定吧。这个月你多做点……

希　奥　对！然后下个月换你。

利　娅　好！你会帮我洗内裤吗？

希　奥　当然，只要他还甜言蜜语哄我。

利　娅　好！今后你听甜言，我听蜜语！

希奥＆利娅　饭菜万岁！

利　娅　（钦佩不已）你果真厉害！

　　　　　　　　〔睡梦中莱曼笑起来，与此同时，她们脱

　　　　　　　　去老妈子衣服，露出性感的黑色连裤紧

　　　　　　　　身衣，踩着高跟鞋，像蛇一样爬向对方，

　　　　　　　　接吻，然后爬向床，在莱曼大笑之际，

　　　　　　　　二人突然举起长匕首，朝他砍了一刀又

　　　　　　　　一刀。他大喊，痛苦挣扎，护士跑进来，

　　　　　　　　两个女人消失。

护　士　没事了，醒醒，醒醒……

　　　　　　　　　　　〔他不再挣扎，睁开眼。

莱　曼　哇。噢。这都什么梦啊。天啊，我真想死了

算了。

护　士　别赶着委屈。你这叫——对着镜子擦眼泪，自
　　　　个儿可怜自个儿。

莱　曼　我快闷死了，你能不能开个窗？

护　士　不能再给你开了。

莱　曼　啊？拜托，这太荒唐了吧。我又不是真想跳
　　　　窗……

护　士　那你装得还挺像。你的律师问他能不能进
　　　　来……

莱　曼　我以为他已经回纽约了。我的样子吓人吗？

护　士　（用棉签帮他的手和脸上药）别想太多了。要
　　　　是你抛弃了那两个女人那另说，可任谁都看得出她
　　　　们的日子过得有多舒坦……

莱　曼　行了，你骗不了我，洛根——虽然表面上满不
　　　　在乎，但你清楚你心里肯定觉得像晴天霹雳。

护　士　来，刷牙。（他刷牙）我最近一次有晴天霹雳
　　　　的感觉是吸尘器短路的时候……（他大笑，然后痛
　　　　苦呻吟）不过有件事我一直想不明白。

莱　曼　想不明白什么？

护　士　像你这么有头脑的男人，到底为什么会跟那个

女人结婚?

莱　曼　你刚才是不是说到了冰?

护　士　冰? 噢,你说那个……对,我跟我丈夫、儿子经常去湖上冰钓。你现在记性好多了。

莱　曼　(直愣愣地)不结婚会很奇怪——就像你的诉讼请求突然被驳回,再也不用上法庭了。

护　士　别说她们俩的坏话;我觉得她们人不坏。

莱　曼　我为什么娶她——散发水果香味的女人特别吸引我;利娅闻起来就像一只熟透了的哈密瓜。她嘴角一翘,身上的衣服好像就自动脱落了。我的占有欲从来没这么强过。我敢说,就算路上同时有一百个女人从我身边经过,我也能分辨出她的高跟鞋的嗒嗒声。我还喜欢躺在床上静静听她洗澡的水声。当然,我还喜欢滑进她粉嫩诱人的圣地……

护　士　我就没见过哪个受过教育的人还能像你这么下流的。

莱　曼　我不能失去她,洛根,这就是结婚最好的理由,除非是已经结过婚了。

护　士　我去叫你的律师,好吗? (他像是突然崩溃,哭起来)别再哭哭啼啼的了……

莱　曼　我想到了我的两个孩子……你不知道他们有多
　　　　尊敬我……（平复情绪）但别人也好不到哪儿去，
　　　　他妈的！

　　　　　　　　　　　　　　　　　　　　　　［汤姆上场。

汤　姆　我能进来吗？

莱　曼　（试图揣摩汤姆的态度，犹豫地）嗨！我以为
　　　　你回纽约了——出什么事了吗？

汤　姆　我能和你谈谈吗？

　　　　　　　　　　　　　　　　　　　　　　［护士下场。

莱　曼　只要你受得了。（咧嘴一笑）汤姆，你是不是
　　　　很看不起我？

汤　姆　我还没缓过劲来，不知道该怎么想。

莱　曼　你当然知道，不过没关系。（迷人地咧嘴笑）
　　　　说吧，什么事？

汤　姆　我一直在跟她们俩沟通……

莱　曼　我记得我跟你说过——我说过吧？——她们要
　　　　什么就给她们什么，只要不是太过分的要求。

汤　姆　我真心觉得希奥她想原谅你。

莱　曼　不可能！

汤　姆　她是个宽容的人，莱曼。

莱　曼　……没那么宽容；就算她原谅我，后半辈子我
　　　　估计也得跪着过了。

汤　姆　不一定——要是你们早想清楚……

莱　曼　我现在想得很清楚了——我就是个自私自利的
　　　　王八蛋。但我一直都崇尚真理。

汤　姆　什么真理？

莱　曼　一个男人要么忠于自己要么忠于别人，不可能
　　　　两者兼顾。兼顾必不可能幸福。其实大家都明白，
　　　　只不过碍于道德不敢承认，人生第一大定律就是背
　　　　叛；要不然犹太人怎么会拿该隐和亚伯的故事当
　　　　《圣经》的开头呢？该隐认为上帝背叛了他，于是
　　　　他也背叛了上帝，杀死了自己的弟弟。

汤　姆　可《圣经》并没有到这儿就结束了，不是吗？

莱　曼　上帝啊！我搞不了克己为人那一套；那不是我
　　　　信仰的真理。我们从来都是利己主义者，只偶尔当
　　　　当诚心祈祷的信徒。

汤　姆　那你为什么要开一家美国最富有社会责任感的
　　　　公司？

莱　曼　想听实话？二十五年前我开公司的时候还是一
　　　　个正直的小伙子；可现在，我就是个罪孽深重的老

男人，尽量少撒几个谎就算积德行善了。（内心突
然垮了）为什么我非得见她们……见了她们我要说
什么？上帝啊，你还是让我昏迷不醒吧！（痛苦地
扭来扭去）……帮帮我，汤姆，给我支支招。

汤　姆　我看你就别再死要面子活受罪了。

〔稍作停顿。

莱　曼　你要我说什么？说我是个失败者？

汤　姆　你现在难道不是吗？

莱　曼　他妈的，我不是！失败者是按别人的想法过日
子，我向来都只遵循自己的想法；就算被人不齿，
那也是我自己的想法。再说别人又比我强到哪儿
去——你给我好好说，别骗我！

汤　姆　好，我不骗你；我觉得你把她们俩伤得很深。

莱　曼　你觉得。

汤　姆　要想摆脱现在这个局面，你就要正视自己造成
的伤害——我觉得你给希奥的心灵留下了很深的
伤痕。

莱　曼　我还给了她快乐的生活，优秀的女儿，和花不
完的钱。你说我哪儿伤害她了？

汤　姆　莱曼，你骗了她……

110

莱　曼　（怒上心头）我要不骗她，她能过得这么好
　　　　吗——你也清楚，跟希奥一块儿生活，要是不能偶
　　　　尔放个风，谁都撑不了一个月！在这段婚姻里，我
　　　　受的煎熬不比她少！

汤　姆　（反驳）你……

莱　曼　……你想听大实话是不是——我恨自己当初遇
　　　　见了她，我不要她原谅！

汤　姆　好了好了，别发火……

莱　曼　我跟你说过我跟她是怎么认识的吗——苍天在
　　　　上，我们谁也别骗谁，这段婚姻根本不是什么天作
　　　　之合！那天我从康奈尔拦顺风车回家——那会儿我
　　　　还是个单纯的十九岁少年，我把行李箱放在路边，
　　　　找了个树荫躲太阳。有个牧师看见行李箱，停下
　　　　车，载了我一程，末了把我带去了奥杜邦学会的野
　　　　餐会，然后在那儿，我见到了他的女儿，希奥朵
　　　　拉。要是我当初没把行李箱留在路边，我根本就不
　　　　会遇见她——就这样那些老八板儿还在那儿说什么
　　　　天意自有道理！

汤　姆　就算有那么一两件糟心事，你已经是我认识的
　　　　人里婚姻最美满的了。

莱　曼　（叹气）我知道。说到底，天底下的男人都一样；都像是一幢有十四个房间的屋子——在卧室里陪贤惠的太太睡觉，在客厅里和光着屁股的小妞干柴烈火，在书房里跟税单斗智斗勇，在花园里给番茄浇水施肥，在地下室里造炸弹，把一切都炸个干净。天底下的男人都一样……可能，除了你。你是吗？

汤　姆　我不种番茄……听我说，电视上那些人抓着这件事大做文章，让她们俩很难堪；你赶紧发个声明，把这事了结了吧。你想要怎么做？

莱　曼　我想要的一直都没变过；她们俩我都要。

汤　姆　你认真点……

莱　曼　我了解这两个女人，她们都还爱我！她们只是觉得按常理应该做出这样的反应，所以才会纠结——你是不是觉得我疯了？

汤　姆　有件事我忘了告诉你——今天早上杰夫·赫德尔斯顿给我打了电话，他在广播里听说了你的事，坚决要求你退出董事会。

莱　曼　这辈子都别想！杰夫·赫德尔斯顿——那个死胖子自己还在特朗普大厦藏了个女人，在洛杉矶还藏了两个。

汤　姆　这个赫德尔斯顿！

莱　曼　有一回他还说要借一个给我！赫德尔斯顿外面
　　　　的女人比内华达妓院里的还多！

汤　姆　可他没娶那些女人。

莱　曼　对！换句话说，其实我是坏了伪君子的规矩。

汤　姆　可惜，如今这世道行的就是这规矩。

莱　曼　在我这儿行不通，老弟！我可能是个混蛋，但
　　　　我不是伪君子！我绝不会把我的公司拱手让人！利
　　　　娅她有说……什么吗？

汤　姆　她都惊呆了。不过说实话，我也不确定她是不
　　　　是铁了心……如果你本来就想走这一步的话。

莱　曼　（深受触动)这些女人的胸襟是有多大！（又一
　　　　阵哭意袭来)噢，汤姆，我好迷茫！

　　　　　　〔贝茜和希奥上场。希奥站在床边面无表
　　　　　　情地看着莱曼。贝茜不愿意看他。过了
　　　　　　良久……

　　　　（忘掉恐惧)天啊，希奥——谢谢你……谢谢你能
　　　　来，我还以为你不会……

　　　　　　〔希奥坐下，陷入死寂般的沉默。贝茜站

　　　　　　　着，凶狠冷漠。莱曼感到非常难堪，无

　　　　　　　地自容。

　　来啦，贝茜。

贝　茜　我是陪妈妈来的，她有话想跟你说。(催促希

　　　　奥)妈妈？

　　　　　　　[但希奥毫无反应，脸上带着难以捉摸的

　　　　　　　笑容，盯着莱曼。尴尬的气氛僵持许

　　　　　　　久……

莱　曼　(打破尴尬)你今天感觉怎么样？我听说

　　　　你……

希　奥　(无情地打断)我不会再见你了，莱曼。

莱　曼　(尽管在意料之中，还是有些受打击——稍

　　　　作停顿)也是……现在道歉应该也没用了……但我

　　　　还是想向你道歉，希奥。

希　奥　我不能让我的生活继续像这样一片狼藉。

莱　曼　你想谈什么我都奉陪。

希　奥　我看起来好像很迷茫，但其实心里很清楚；有

　　　　太多事情我已经……我已经不想再憋在心里了。

莱　曼　当然，我明白。

希　奥　你还记得那个教英文的小伙子给你提的性爱建

议吗？老婆离家出走那个。

莱　曼　教英文？你说的是在康奈尔的那个吗？

希　奥　他说"先对折，再用皮筋捆起来"。

莱　曼　(有点慌了，笑道)记得记得，吉姆·唐纳森！

希　奥　每个人听了都会笑。

莱　曼　(面对她空洞的微笑，强装潇洒)对！"先对折再……"(不自然地笑着)

希　奥　(打断他)我讨厌你为那个发笑，那暴露了你粗俗下流的一面。我感到羞耻……为你也为我自己。

莱　曼　(笑声刹住)我懂了。可那是很久以前的事了，希奥……

希　奥　我告诉你，那时候我差点当场就跟你断了，但又想着自己阅历太浅，不该随便下结论。事实证明我没看错——你就是一个粗俗薄情的男人，以前是，现在还是。

　　　　　[面对希奥的异样，莱曼不知所措，看了
　　　　　贝茜一眼向她求助，希望得到答案。

莱　曼　我明白了。这么看来，我们的婚姻从头到尾就是个错误。(愤怒但仍试图保持潇洒)但好歹我让大家都过上了好日子。

贝　茜　求你了，妈妈，我们走吧。他在嘲笑你，你听不出来吗？

莱　曼　(怒上心头)我就不能替自己辩解两句吗？请你说下去，希奥，我明白你的意思，没关系，这是你的感受。

希　奥　(似乎放松了一些)从化学楼走过去半个小时的那条河叫什么来着？

莱　曼　(茫然不解——她疯了吗)什么河？

希　奥　我们跟地质学专业的人和他们的女朋友一块儿在那里裸泳过。

莱　曼　(迷茫了一会儿)哦，你是说毕业典礼那晚！

希　奥　……一大群人光着身子在瀑布底下游水……黑暗里只听见那些女孩在笑……

莱　曼　(嘴角上扬，但仍然不知所以)是啊……那天晚上真开心啊！

希　奥　我骑在你的肩膀上……这是真的还是我做的梦？我记得我看见河里竖起一道白色的石灰岩墙……

莱　曼　没错，泥盆纪时代留下的。上面全都是化石。

希　奥　对！甲虫的压印，蠕虫的爬痕，五千万年前的甲壳动物，像一道神殿的白墙，巍然耸立……而我们就在它下面漂浮着，好像两只在黑暗中紧紧相依的青蛙……我们湿漉漉的睫毛贴在一起。

莱　曼　是的。那一晚真美。你能把它当作美好的回忆，我很开心。

希　奥　我当然会了；我本来就不是清教徒，莱曼，这只是个人品味的问题——那一晚叫人心潮澎湃。

莱　曼　可我这人向来没有品味，这你又不是不知道。不过我不会骗你，希奥——在我心里，品味就是人不能乱搞了以后拿来凑合的下脚料。

希　奥　这话你三十年前就该告诉我。

莱　曼　三十年前我还不懂这个道理。

希　奥　你还记得我们浮在水里时你说的话吗？

莱　曼　（犹豫）记得。

希　奥　不可能。

莱　曼　我说"还有什么能把我们分开"，对吗？

希　奥　（吃了一惊，方寸已乱）……你当时是真心的吗？拜托跟我说实话，这对我很重要。

莱　曼　（为之所动）是的，我是真心的。

希　奥　那么……你是从什么时候开始骗我的？

莱　曼　我求你别再问了……

希　奥　我想搞清楚我的人生是在什么时候死去的。这不过分吧？

莱　曼　希奥，我真心诚意地请你原谅我。

希　奥　比莉·哈乐黛是什么时候死的？

莱　曼　（困惑地）比莉·哈乐黛？不知道，十、十二年前吧，怎么了？

> ［希奥沉默，注视前方。莱曼见她痛苦的模样，突然哭起来。

你怎么突然问起她？

贝　茜　好了，妈妈，我们走吧，啊？

莱　曼　我想，让她说出来可能更好些……

贝　茜　没人关心你是怎么想的。（对希奥）我要你现在就跟我走！

莱　曼　发发善心吧！

贝　茜　你也配说善心这两个字?!

莱　曼　对她，不是对我！你听不出来她想说什么吗——她爱我！

贝　茜　放你的狗屁！

莱　曼　反了啊你！我让你过上了人上人的生活，
　　　　贝茜。

贝　茜　你也没别的好说了，全是狗屁！

希　奥　求你了，亲爱的——去外面等我一会儿。（贝
　　　　茜见她心意已决，大步离去）你伤透了她的心。
　　　　（莱曼别过身，忍住不哭）看我像傻子一样被蒙在
　　　　鼓里你觉得好玩吗？为什么不告诉我那个女人
　　　　的事？

莱　曼　我好几次都想告诉你，可是……你可能会觉得
　　　　匪夷所思，但……我实在没法忍受失去你。

希　奥　可是——（突然激动起来，几乎歇斯底
　　　　里）——这九年多近十年的时间里你每天都在骗我，
　　　　你还有什么可失去的？

莱　曼　（决意不再退缩）……你的幸福。

希　奥　我的幸福！你到底在说什么！

莱　曼　尊重事实才能解决我们的困境，希奥，我们结
　　　　婚这么多年，最近这几年你过得最幸福——你也感
　　　　觉到了，对吗？

　　　　　　　　　　　　　　　　　[希奥没有反驳。

　　　　我告诉你为什么好吗？因为我跟你在一起时不会再

119

感到厌倦了。

希　奥　你以前跟我在一起时会厌倦?

莱　曼　你不也觉得我烦吗,亲爱的……我说的是——
　　　　你懂的——就是婚姻里常见的厌倦感。

　　　　　　〔见希奥似乎不太理解,他便解释起来。
　　　　就好比吃饭的时候,我又开始讲你已经听了成百上
　　　　千遍的故事……比如我祖父在第九大道被电车轧断
　　　　三根手指头……

希　奥　可我爱听这个故事!跟你在一起,我从来没感
　　　　到过厌倦……就算你说的故事再傻也没有。

莱　曼　(见希奥倔强)希奥,你就是厌倦了——这不
　　　　是什么罪过!我也有过厌倦的时候,就比如,你又
　　　　开始跟别人讲那个你已经讲过一万遍的故事……
　　　　(魅力四射地笑起来)……因为你是牧师的女儿,
　　　　所以家里不允许你爬树,怕别人看到你的小内裤?

希　奥　(坚决不为他的魅力所动)可我觉得我的这个
　　　　故事描述了一个已经绝迹的社会!具有重要的历史
　　　　意义!

莱　曼　(痛苦万分)这个故事都已经刻进了我的骨髓
　　　　里……我求你了,别再把它搞成什么道德难题。这

不过是平常得不能再平常的家务事，亲爱的，这就是生活，而在我认识的人里，除了你，再没有哪个女人有这份坦诚、这份勇气接受生活的本质——只要你愿意！

希　奥　（顿了顿；脑子里一片混乱，竭尽全力去理解他的话）你为什么说这几年我过得最幸福？

莱　曼　因为你看得出我很满足，我也确实很满足……

希　奥　因为她……

莱　曼　因为每当你又开始说小内裤的故事时，我还是会觉得你可爱，因为我知道这个故事不是我这辈子的全部。

希　奥　……因为还有她在等你。

莱　曼　是的。

希　奥　你跟她在一起就从来不会厌倦？

莱　曼　噢，当然会！有时候甚至比跟你在一起时更严重。

希　奥　（心存希冀，充满好奇，立即问道）真的吗！那你会怎么办？

莱　曼　我会庆幸自己还能回到你身边——我知道这很难理解，希奥。

希　奥　不不不……也许我一直都知道。

莱　曼　什么？

希　奥　你就像一只……巨大的蛤蜊。

莱　曼　蛤蜊？

希　奥　在海底守株待兔，等着猎物自己掉进你的嘴里；你如饥似渴，而你却管这种饥渴叫爱情。你就是个怪物，可能你自己也清楚这一点，对吗？我甚至都有点同情你了，莱曼。（转身离开）祝你早日康复。现在一切都清楚了，我很庆幸自己留了下来。

莱　曼　真神奇——人生的神秘才刚刚揭开面纱，你却认为一切都清楚了。

希　奥　对我来说没什么神秘的，你从来没有爱过任何人！

莱　曼　那你给我解释解释，这样一个一文不值、冷血无情、奸诈险恶的蛤蜊是怎么凭一己之力让两个截然不同的女人度过她们一生中最幸福的时光的！

希　奥　真的吗！（笑起来，最后几乎变成尖叫）真的幸福吗？！

莱　曼　……我只是没有勇气把可笑的真相说出口，其实，这九年里唯一一个受煎熬的人——是我！

> ﹝剧场里轰然响起一声狮吼。贝茜身上的
> 光亮起，她举着望远镜朝前看；身穿短
> 袖短裤和卡其布狩猎夹克，头戴遮阳帽。

希　奥　你煎熬——上帝啊，救救我们吧！

> ﹝她努力收起苦笑，走向贝茜。当希奥进
> 入贝茜的表演区域时，笑声消失，她从
> 野餐篮里拿出一顶遮阳帽戴上。与此同
> 时，莱曼从床上下来，跟在希奥身后。
> 期间台词不间断。

莱　曼　……不然是什么你说——明知道你们的幸福建
立在海市蜃楼之上，却不得不面对你们天真可爱的
笑脸，这难道不是煎熬吗？

> ﹝他站到希奥和贝茜身边，跟她们望着同
> 一个方向，用手为眼睛挡光。台词不间
> 断……

贝　茜　（举着望远镜看）天啊，他又要上那头母狮子
了吗？

莱　曼　万兽之王的名号可不是白叫的，宝贝。

贝　茜　可怜的母狮子，她真有耐心。

希　奥　（拿走望远镜）傻孩子，她可不光是有耐心。

贝　茜　（把桌布铺在地上，摆放野餐用品）可它们半年才做一次，不是吗？

莱　曼　我们知道的只有一次。

希　奥　（帮忙摆放野餐用品）不是的，狮子对配偶是绝对忠诚的。

莱　曼　亲爱的，你错了，公狮子妻妾成群——你是跟鹳鸟搞岔了吧。

贝　茜　（递过去一个鸡蛋）爸爸？

莱　曼　（坐下——开心地吃起来）你们俩戴这帽子真好看，像两个出来游猎的贵族淑女。

希　奥　（躺在地上伸懒腰）这儿的空气真好！真安静。山真美。

贝　茜　谢谢你带我来这儿，爸爸。要是哈罗德也能来就好了——你怎么看起来不开心？

莱　曼　我只是在想一个问题。（对希奥）我在想一夫一妻制，你说，为什么大家觉得它是更高级的生命形式？（希奥转身面向他……戒备地……）我只是有点好奇。

希　奥　因为它代表爱情的升华。

莱　曼　你同意吗，贝茜？在哈罗德之前，你不是还交过好几个男朋友吗？

贝　茜　这个嘛……我同意，只爱一个人时心意更集中。

莱　曼　可为什么这就算更高级的生命形式呢？

希　奥　一夫一妻巩固家庭；四处留情破坏家庭。

莱　曼　对于两个神经质的人来说，巩固家庭有什么好的呢？

希　奥　第一，它能让你更自由。

贝　茜　自由？真的吗？

希　奥　家庭约束着家庭成员的行为；家庭的约束力减弱了，国家就不得不出手；因此家庭越稳固，警察就越清闲。所以说一夫一妻是更高级的生命形式。

莱　曼　天啊，这是你临时想到的吗？（对贝茜）你妈妈也太牛了吧？我给她打一百二十分！

希　奥　（被挖苦却很高兴）你烦死了。

莱　曼　那穆斯林呢？他们的家庭规模很庞大，关系也很稳定，但很多男人都有两三个老婆。

希　奥　可正牌妻子只有一个。

莱　曼　我爸不是这么说的——他说阿尔巴尼亚男人很

多都有两个老婆，一个负责家事，一个负责床事。两个都是名正言顺的妻子。

希　奥　你爸的社会学水平跟他的道德水平一个等级。在你爸眼里，妻子就是一块行走的洗碗布。

莱　曼　（笑，对贝茜）你妈妈是个传统女人，知道为什么吗？

贝　茜　（笑得很开心）为什么？

莱　曼　因为她总是那么通透，那么专一，那么……

希　奥　……那么无趣。

　　　　　〔莱曼哈哈大笑，双手高举过头鼓掌，赞赏不已。

贝　茜　你才不无趣！（跑过去拥抱希奥）告诉她，她不无趣！

莱　曼　（抱住希奥和贝茜）希奥，别不开心……我发誓我刚刚不是想说"无趣"！

希　奥　（伤心落泪）我宁愿当个无趣的明白人，也不要当个讨人喜欢的笨蛋！

莱　曼　谁要你讨人喜欢了！好了，不说这些了。

希　奥　我真想知道怎么才能让你开心！从我们踏上这片荒芜的大陆开始，你就一直没精打采的！

莱　曼　（心生愧意，笨拙地抱住她）我喜欢这趟旅
　　　行，喜欢跟你们在一起！希奥，别这样——你这样
　　　让我很有罪恶感！

　　　　　　〔雄狮的吼声突然响起，他们惊恐地向
　　　　　　　前看。

贝　茜　它朝这儿来了……爸爸——它冲过来了！

导游画外音　（幕后，用扩音器喊道）大家赶紧回到车
　　　上！赶紧！

莱　曼　快走！（他推希奥和贝茜离开）

贝　茜　（一边走一边喊）爸爸，快来！

希　奥　（见他没有跟上）莱曼？

莱　曼　走啊！（他推希奥离开，自己却往回走）

导游画外音　菲尔特先生，赶紧回车上来！

　　　　　　〔狮吼声再次响起——感觉离得更近了。

　　　　　　　莱曼面朝前方对着狮子，虽然做好跑的
　　　　　　　准备，但也毫不退却。

　　　　　菲尔特先生，快回车上来！

　　　　　　　　　　　　　　〔又一声狮吼。

莱　曼　（盯着狮子，恐惧令他亢奋，他冲它喊道）
　　　对，我很幸福！我娶了希奥朵拉，有了贝茜……

对，还有利娅！

[又一声狮吼！

贝　茜　（在远处）爸爸，你快过来呀！

莱　曼　我还赚了一大笔钱……对，而且身上没背过一桩官司！

贝　茜　（在远处）爸爸！

莱　曼　（冲逼近的猛兽咆哮，同时半蹲着，随时准备逃跑）……我不会把生命浪费在我不相信的东西上——对，包括一夫一妻制！——（张开双臂，因恐惧而亢奋）我喜欢这样的生活，我问心无愧！有种你就吃了我，畜生！

[又一声震耳欲聋的狮吼！莱曼半蹲着，仿佛下一秒就要逃跑，他睁大眼睛看着逼近的狮子——它的吼声此刻变成了从喉间发出的低吼，听起来平静了许多；莱曼小心翼翼地直起身子，得意洋洋地转身看向幕后的母女俩。贝茜如释重负，欣喜若狂地飞奔出来，一把抱住莱曼，亲吻他。

贝　茜　（看着前方）爸爸，它往回走了！你刚才那是

128

干什么!

[希奥上场。

希　奥　它走了!（对莱曼）你是怎么办到的!（对贝茜）你刚才看见它是怎么停下然后走掉的吗?（对莱曼）到底怎么回事?

莱　曼　我把罪恶感丢掉了!它好像感觉到了!（半笑不笑）可能狮子不吃幸福的人!

希　奥　你在说什么呀?

莱　曼　（诧异地看着她）我跟你说,它的吼声像一股电流,把我电醒了,那一瞬间我恍然大悟……（转身面向她）和你在一起我一直都很幸福,希奥——只是从前我不愿承认这一点!但今后我再也不会因为自己过得幸福而道歉了——这是一个奇迹!

希　奥　（喜极而泣,像祷告似的双手合十紧握）噢,莱曼!（跑过去亲吻他）亲爱的!

莱　曼　（仍在兴奋劲头上,朝她伸出一只手）我们相知相伴了多少年啊,希奥!来握个手!（希奥笑起来,男子气概十足地跟他握手）你的为人是这么优秀,你的容貌是这么端庄美丽!

贝　茜　爸爸，你说得太好了——你真的好棒！（哭）

莱　曼　我崇拜这个女人，贝茜！（对希奥）你怎么还
　　　　愿意跟我这种人在一起？（对贝茜）你知不知道她
　　　　要多爱我才能容忍我这禀性？

希　奥　我一直在盼着这一天！（五味杂陈地笑了笑）
　　　　当然，狮子不包括在内，就像一束光突然照亮了人
　　　　生……

莱　曼　我现在能清楚地看到未来！我们会幸福地迈向
　　　　花甲之年，昂首挺胸，充满自豪！我要在加勒比海
　　　　边造一栋只属于我们自己的小别墅，里面摆满我们
　　　　一直没读完的大部头英文小说……外加普鲁斯特的
　　　　小说！我还要买两辆助动车，车把上面挂着买东西
　　　　用的小篮子……

希　奥　我知道，我知道！

莱　曼　……然后我会天天陪在你身边——只除掉每个
　　　　月去埃尔迈拉的公司待的七八天以外！

贝　茜　太好了，妈妈！

希　奥　谢谢你，狮子！谢谢你，非洲！（转身面向莱
　　　　曼）莱曼？

莱　曼　（心思早就不在这儿了）……啊？我在！

希　奥　我好像重获新生了！

　　　　　[希奥一把抱住莱曼，把脸埋在他的颈窝
　　　　　里。莱曼看着前方，神情愈发痛苦。

贝　茜　这两个星期是我有生以来最美好的时光！我爱
　　　　你，爸爸！

　　　　　[贝茜跑向莱曼，他一只手抱住她，另一
　　　　　只手抱住希奥，眼里泛起泪光。

你在哭吗？

莱　曼　我只是太惊讶了，宝贝……惊讶自己竟然这样
　　　　幸运。走吧，我们该回去了。

　　　　　[他怅然若失地让母女俩转身面向舞台后
　　　　　方；灯光变得昏暗朦胧，母女俩走进暗
　　　　　光处，莱曼留在场上。护士身上亮起昏
　　　　　暗的灯光，她坐在病床边。

护　士　我只是不明白，像你这么有头脑的男人，为什
　　　　么会跟那个女人结婚？

　　　　　[莱曼注视前方，此时利娅出现，单独一
　　　　　束光打在她身上；她穿着第一幕里准备
　　　　　去做人流手术时穿的毛皮大衣。护士坐
　　　　　在一旁一动不动。

利　娅　对，我可以再等一两个星期，不过……别骗自
　　　　己了，莱曼，你很清楚你永远不会离开她。

莱　曼　把手术取消好吗？我明天就告诉她。

利　娅　告诉她什么？

莱　曼　（几乎不敢呼吸）我不会劝自己放弃你。人生
　　　　只有一次！我要跟她离婚。

利　娅　天啊，莱曼！可是，我知道你对她的感情……

莱　曼　（亲吻她的手）求求你留下这个孩子，好吗？
　　　　待在家里，安心等着，听到了吗？

利　娅　你是认真的吗？

莱　曼　我是认真的。我要跟她离婚。

利　娅　我怎么突然……有点吃不准自己想不想当妈妈
　　　　了——你觉得我想吗？

莱　曼　是的，你想，我们都清楚！

　　　　　　　〔莱曼亲吻她。两人一起笑起来。莱曼转
　　　　　　　身离开；利娅抓住他的双手，握在自己
　　　　　　　手中，做祈祷状；面朝天空……

利　娅　求上天保佑！（对莱曼）为什么世上有这么多
　　　　危险！（她狂野地亲吻他。利娅下场，与此同
　　　　时，希奥出现，走向莱曼；她把什么东西藏在

身后，露出迷人的微笑。莱曼表情沉重，准备跟她摊牌）

莱　曼　希奥，亲爱的……我有件事要跟你说……

希　奥　（拿出一件羊绒衫）生日快乐！

莱　曼　（愣住）啊？我的生日是在七月份呀！

希　奥　这件衣服太贵了，我得找个由头才下得了手。（给他穿上毛衣）来……把衣服拉好。不会太大吧？（退后一步欣赏起来）太好看了，你照照镜子！

莱　曼　很漂亮，谢谢你，亲爱的。听我说，我真的有事……

希　奥　天啊，莱曼，你真是太帅了！（双手挽住他，笨拙地往前走）我还准备了一个惊喜——我买了巴兰钦芭蕾舞剧的票！看完演出去路易吉餐厅吃晚餐！

莱　曼　（毅然决然地鼓起勇气——渐渐反感被她牵着鼻子走）我有话跟你说，希奥，你为什么不让我说话！

希　奥　怎么了？（莱曼僵住）你想说什么？出什么事了吗？（警觉起来）莱曼——（询问）——你是不是

去检查过身体了！

莱　曼　（在爆发边缘）天啊，不，不是的！

希　奥　你的脸色怎么这么差？告诉我，到底出什么事
了，把你吓成这样！

　　　　　〔他受不了她的过度关切，从她身边逃开，
　　　　　然后站定，面朝前方。她没有跟上去，
　　　　　在他身后隔着一段距离对他喊话。

——我表哥威尔伯还在马萨诸塞综合医院上班，我
可以陪你去找他……没事的，亲爱的，什么都不用
担心……到底出什么事了，不能告诉我吗？

　　　　　〔彻底屏蔽外界——在过去与现在两个时
　　　　　空中都是——他深吸一口气，发出一声
　　　　　洪亮的长嚎，同时高举双臂，向上天祈
　　　　　求解脱。就这样，他把她抛到了脑
　　　　　后——她走进暗光处，场上又只剩下他
　　　　　一人。

莱　曼　（面朝前方，自言自语）没种。这就是全部问
题。胆量！要是我的诚实能维持三分钟……不！我
知道我的问题在哪儿——我就是没法站着不动等
死！人到了一定的年纪就只能这样，不然就会被别

人笑话——你只能优雅沉静地站在那里，任由死神丈量你的手臂、你的肚皮和你的裤裆，最后给你穿上黑色的寿衣。可是我做不到，我不愿意！所以现在我只能跟这不合时宜的劲头搏斗……（他跳上床，盖住左臂，对天呼喊）……上帝赐给我这劲头，我就要好好用它，直到我被埋进土里的那一刻！活着！活着！去他妈的死亡，去他妈的等死！

〔场上亮光范围扩大，现实中的利娅出现，打扮与此前的场景中不同——穿着毛皮大衣——与护士一起站在床边，听着他大喊大叫。

护　士　别怕，再等等，一会儿就好了。他肯定很想见你。

利　娅　（试探性地靠近石膏绷带）莱曼？（他茫然地看着她）是我，利娅。

〔护士下场。莱曼终于认出了利娅。

莱　曼　利娅！（转身背对她）天啊，我都对你干了什么——等等……（停顿片刻。他环顾四周）希奥刚才是不是在这儿？

利　娅　她应该已经走了，我刚到。

莱　曼　噢，利娅，它就像一袋水泥压在我的胸口上。

利　娅　你指什么？

莱　曼　我的禀性。

利　娅　是啊……是挺糟心的。我想说……

莱　曼　(动情地)谢谢你来看我。你真是我的朋友。

利　娅　我来只是为了本尼。(心灰意冷，别过身)听
　　　　说有了个姐姐他很开心。

莱　曼　(苦涩而欣慰)我的好孩子！

利　娅　莱曼，他现在很混乱；他看到电视上一直在说
　　　　我们的事，别的孩子跟他说，他有两个妈妈。他就
　　　　坐在那儿哭。不停地问我你还会不会回家。我的心
　　　　揪得生疼。这件事要是处理不好，我好怕会毁了他
　　　　一辈子。(眼泪涌出来)你是他的偶像，他的神啊，
　　　　莱曼！

莱　曼　毁了，都毁了……

利　娅　跟我说实话；不管真相是什么都没关系，我只
　　　　是想知道——你觉得自己有责任吗？

莱　曼　(忿然作色，又愤怒又心虚)你这问的是什
　　　　么话？

利　娅　怎么了！我问得合情合理！

莱　曼　你听我说——我知道，我错了，我错了，我错了，但也别搞得好像我是什么土匪淫寇，硬把你们两个掳回老巢，强上了你们似的！你知道我是有妇之夫，还引诱我爱上你，所以这也不全是我的……

利　娅　莱曼，要是你想怪我的话，那我只能找个地缝钻进去了！

莱　曼　我只是在说实话，不是怪你——这不是我一个人犯的错！

利　娅　真不可思议，你一张嘴说实话就成了天底下最堂堂正正的君子！

莱　曼　你这么说不公平！

利　娅　（稍作停顿）我想谈谈本尼的事。

莱　曼　你可以明天带他过来。也可以现在我们先谈。

利　娅　（平复情绪，顿了顿）我考虑一下。

莱　曼　别考虑了，带他过来！

利　娅　（羞涩一笑）话说……我听他们说，你太太在这儿待了一个多小时。你这是又打算回去了？

莱　曼　她只是坐在这儿，骂我是个没爱过任何人的怪物。

利　娅　（苦笑）不用想，你肯定安慰她说不是那样的。

莱　曼　我确实爱过她。这一点你比谁都清楚。

利　娅　你这人真是绝了，莱曼——你都从山上摔下来了，居然还不明白自己有多恨那个女人。恨得天荒地老。恨得……比海还深。

莱　曼　你到底在说什么！

利　娅　亲爱的，我来帮你回忆一下，我怀孕两个月的时候，我们去了纽约，住在你订的卡莱尔酒店——跟你家只隔了四个街区！"你爱过她"……苍天啊！

　　　　〔舞台后方出现一扇窗，映出希奥的轮廓，她正坐着看书。他一边注视前方一边从床上爬起来，然后转身抬头看着窗户……利娅继续说台词。

　　　　这不是恨还能是什么——领着我从你们家窗前走过，而她就坐在那儿……你真是恶毒，从前是，现在还是——可能对我也是！

莱　曼　（瞥了一眼窗子里的希奥）我没有半点恶毒的想法。我那是在万丈深渊边上走钢丝……赌上一切才最终找到自我！领着你散步，从家门前经过，微微的秋风，陈列在麦迪逊大道橱窗里的女士内衣，窸窸窣窣的……你那天穿的是塔夫绸裙子吧……还有蜷缩在你肚子里的我的骨肉——我已经彻底战胜了罪恶感！（她走向他，成为他回想的一部分）……你整个人懒洋洋的，怀有身孕的你在路灯底下闪闪发光！

　　　　　　［她进入多年前悠闲散步的情景，然
　　　　　　　后……

利　娅　就是她吗？

　　　　　　［莱曼抬眼看看希奥，再看看利娅，欢欣
　　　　　　　鼓舞，意气风发。

莱　曼　利娅，亲爱的，这些高楼大厦衬托得你太性感了。

利　娅　（温柔一笑，挽住他的胳膊）你紧张了，对不对？

莱　曼　毕竟，我跟她一起在这儿生活了那么多年……知道吗——我很想进去跟她打个招呼……可我没这个胆量……

利　娅　你跟她摊牌的时候她是不是很难过？

莱　曼　对，很难过。

利　娅　可能她以后会考虑再婚。

莱　曼　再婚？（朝窗口瞥了一眼；脱开她的手）我觉

139

得不太可能。

利　娅　（微笑，饶有兴趣地）我们不能有肢体接触吗？

莱　曼　（立刻把她的手重新搭在自己的胳膊上）当然
　　　　能！（两人继续朝前走）

利　娅　有机会我倒想跟她认识一下……作为朋友。

莱　曼　也许可以。（停下。突然冒出一个怪异的念
　　　　头）我在想，要不要进去跟她打个招呼。

利　娅　好啊！你不想让我跟你一起去吧？

莱　曼　现在还不是时候。你会不开心吗？

利　娅　怎么会！你对她还有感情，我很开心。

莱　曼　天啊，你真敢说！我二十分钟后回酒店找你，
　　　　好吗？

利　娅　不着急！你给我买了那么多漂亮内衣我都得试
　　　　试呢。（抚摸肚子）莱曼，我现在好满足！

　　　　　　〔灯光照亮病床，她转身走过去。他留在
　　　　　　窗下，望着她离去的身影。

莱　曼　（独自一人）为什么她越开心我就越难过？都
　　　　是这该死的客观理性在作祟——为什么我就不能沉
　　　　浸在自己的幸福里！（抬头看希奥，心里一沉。
　　　　狠下心，又振作起来）傻瓜——爱她！现在她再也

夺不走你任何东西了，你可以尽情地去爱你贤惠的妻子了！（他跑向希奥，又害怕地折回来，就这样来来回回，喘着粗气，捂着脸）罪恶感，见鬼去吧！（再次跑向窗口……此时窗口消失，她站起身，把书放下，一脸惊诧）

希　奥　莱曼！你不是说星期二才回来吗？

　　　　　　〔他把她抱在怀里，疯狂地亲吻她。她又
　　　　　　惊又喜。

莱　曼　大美人儿！希奥，你是上帝的手笔！

希　奥　这是拉尔夫·沃尔多·爱默生说的。

莱　曼　总有一天，我要想出一个你从来没听过的比喻！（真诚地笑起来，紧紧地抱住她坐下，营造出一种令人悸动的亲密感）刚好有个朋友要试试他新买的塞纳斯飞机，我就搭了个便车——其实明天七点半我在那边还有个会，但我就想回来吓你一跳。

希　奥　你晚上还坐小飞机？

莱　曼　我以前害怕都是因为罪恶感，希奥——我总觉得要是自己坐飞机摔死了，那也是活该。但我不该死，因为我不是坏人，因为我爱你。

希　奥　你再说我就要飘上天了！你什么时候走？

莱　曼　马上。

希　奥　（被他的我行我素闹得想笑）说两句话都不
　　　　行吗？

莱　曼　我打个电话告诉他我出发了。（拨电话）

希　奥　我开车送你去机场。

莱　曼　不用，他会在卡莱尔酒店接我……喂？

　　　　　　　　　　［利娅身上的光亮起，她拿着手机。

利　娅　亲爱的！

莱　曼　我十分钟后到。

利　娅　（不解地）嗯？好。干吗还打个电话？

莱　曼　我怕你把我忘了，自己飞走了。

利　娅　看你嫉妒心这么强，我就安心了！知道吗，刚
　　　　才她在窗口看书的样子那么端庄优雅——就像爱德
　　　　华·霍普笔下的一幅画，在我脑子里挥之不去。

莱　曼　嗯。好，我这就出门。（挂上电话）

希　奥　别忘了星期四要跟莉安娜和吉尔伯特吃晚
　　　　饭……吉尔伯特配了助听器，这次不会那么尴尬了。

莱　曼　（郑重其事地握住她的双手）再忙我也要挤出
　　　　时间来看你一眼……人生苦短啊，希奥。

希　奥　（乐呵呵地）干吗老想着死啊活啊的，这世上还有谁比你更有活力！（揉他的头发）说真的，你今晚看起来容光焕发！

莱　曼　（回应她的赞美）其实，我们还来得及上个床。

希　奥　（惊讶又欢喜地笑道）你今天是怎么了！

莱　曼　我突然发现我老婆是个性感大美妞。（他开始诱导她）

希　奥　是因为在埃尔迈拉开了新公司吧——新的开始总是令人激动！你的身体里充满了能量，莱曼。

莱　曼　（令她面向自己，亲吻她的嘴）对，我们要在那儿干出一番事业！问你个问题，你说世上有没有哪个神心里有罪？

希　奥　神永远不会有罪，所以才会是神。

莱　曼　感觉就像月亮在我的肚子里，太阳在我的嘴巴里，而我光芒万丈地照耀着世间。（自嘲似的款款笑起来）……像一个行星大小的手电筒！来！（忐忑地笑着，拉着她的手走进暗光处……）

希　奥　莱曼——你真是变幻无穷，充满惊喜！

〔收光。

第二幕

第三场

病房内，利娅身上的光亮起；莱曼已躺回床上。

利　娅　所以那天晚上你跟她做了。

莱　曼　你要我说什么？

利　娅　可你回到酒店以后，我们不是……

莱　曼　我控制不了自己，你们两个都美得不可方物！这怎么能算罪恶呢？

利　娅　（叹气）你永远不会知足，对吗？你给我听着，我是来谈生意的；我要你把房子转到我名下……

莱　曼　什么？

利　娅　……马上。我知道你在房子上花了很多心思，但我得为本尼做打算。

莱　曼　利娅，我求你等一等……

利　娅　我不等！我还要你把我的公司还给我。

莱　曼　这处理起来很复杂——公司比我刚接手的时候
　　　　已经扩大了许多倍……

利　娅　我现在想要回来！没有你我一样能做大！我不
　　　　会再被你耍得团团转了！你要不答应我就去告你！

莱　曼　（半信半疑地笑了笑）你真要告我？

利　娅　（翻开笔记本寻找）我没在跟你开玩笑，莱曼。
　　　　你把我伤得太深了……（她突然打住，忍住泪水。
　　　　她拿出一沓文件）

莱　曼　（转身不看她）天啊，我最不愿意看到你哭。

利　娅　这儿有些东西需要你签字。

莱　曼　签字？

利　娅　是房子和公司的弃权书。你看看吧。

莱　曼　你在开玩笑吧。

利　娅　我让泰德·莱斯特起草的。给，你看一下。

莱　曼　我知道什么是弃权书，别叫我看什么弃权书。
　　　　你怎么能这样？

利　娅　我们又没真的结婚，我可不想被你讹上。

莱　曼　那……那本尼呢？你不是要把本尼也抢走

吧……

利　娅　我……

莱　曼　你明天早上带他过来，我要跟他谈谈。

利　娅　你等一下……

莱　曼　不！你给我把他带来，利娅……

利　娅　你听好！我是不会让你见他的，除非你先跟我
　　　　说清楚，你准备怎么跟他解释。而且我咨询过我爸
　　　　的律师了，这件事在法律上你不占理。

莱　曼　我会跟他说实话——说我爱他。

利　娅　你是说，就算对你爱的人撒谎你也无所谓吗？
　　　　我现在只有他了，莱曼，我不会眼瞧着他发疯的！

莱　曼　你说够了没！我为他做的事比对他撒的谎多多
　　　　了……

利　娅　（冲口而出）可你还是撒了谎——你怎么就是
　　　　意识不到这一点？你送他小马，教他滑雪，带他坐
　　　　滑翔机……你明知道自己干了什么龌龊事，还让他
　　　　那样崇拜你！你太残忍了！

莱　曼　好，那你说我该跟他说什么？

利　娅　你要向他认错，求他原谅，叫他以后千万不能
　　　　跟你一样，因为骗人就是在伤人。

莱　曼　你要我在我儿子面前自己打自己耳光，门儿都没有！要说现在我有什么忠告能给他的话，就是要有胆量忠于自己的心！这比什么都重要！

利　娅　哪怕要背叛全世界也无所谓吗？

莱　曼　只有事实才是神圣的，利娅——没有隐瞒！

利　娅　你是不是疯了——你隐瞒的还少吗！你根本是非不分，是不是！

莱　曼　天啊，你跟希奥的口气一模一样！

利　娅　嫁给你的女人大概最后都会变成这样！听着——我觉得现在还不是时候……

莱　曼　我有权利见我的儿子！

利　娅　我是不会让他学你的样儿的，莱曼，不然他这辈子就毁了！我要走了！（她准备离开）

莱　曼　你要是不把本尼给我带来，我就……我他妈就去告你！

　　　　　　　　［贝茜一个人上场。她极其紧张不安。

贝　茜　太好了，我还怕你已经走了。听我说……

利　娅　我正要走……

贝　茜　先别走！我妈妈好像受了刺激……

莱　曼　天啊，她怎么了！

贝　茜　她在走廊那头的房间里，医生在帮她看。她一直在说胡话，说什么要带他一块儿回家，我想要是让她看到你们两个在一起，她应该会清醒过来。

利　娅　可我们已经不在一起了……

莱　曼　慢着！你为什么一口咬定她是在说胡话——没准她真的想要我回去呢！

贝　茜　（气得跺脚）我要带她离开这儿，回家！

莱　曼　贝茜，我不是怪物！天啊，怎么一个个都这么残忍！

利　娅　他的意思是他要你妈妈……

莱　曼　你们俩我都要！

贝　茜　（歇斯底里地叫道）你这辈子能不能替别人想一想，哪怕就一回！

　　　　　　〔汤姆、希奥和护士上场；汤姆搀着希奥。

　　　　　　她神情恍惚，脸上挂着凝固的笑容，头不停颤抖。

莱　曼　希奥——汤姆，扶她过来坐下！

利　娅　（对贝茜，心怯地）我真的该走了……

希　奥　别走，再待一会儿！（对护士）麻烦你给菲尔特太太拿张椅子。

   [听见她这么称呼利娅，贝茜吃了一惊。
    利娅立刻看向贝茜，不知所措，因为这
    跟她们俩想要的效果截然相反。莱曼大
    受鼓舞。护士出去找椅子，边往外走边
    不解地打量这几个人。

  (愉快地)好啊！大家都在这儿了！

          [稍作停顿。

汤 姆 莱曼，她刚才出了点……状况。(对贝茜)我
   订好了飞机，我们三个可以一块儿走。

贝 茜 太好了——都准备好了，妈妈，你说走我们
   就走。

莱 曼 希奥，谢谢你……能来。

希 奥 (转身面向他，空洞地笑着)社会主义死了。

莱 曼 你说什么？

希 奥 基督教也完了，现在……(思索)……已经没
   什么值得……值得……捍卫的了。除了单纯？(她
   跷起二郎腿，大衣下摆垂落，露出光着的大腿)

贝 茜 妈妈——你的裙子呢？

希 奥 这样舒服，没关系……

       [护士拿着一把椅子上场。

贝　茜　她肯定是把裙子落在刚才那个房间了——你能帮忙拿过来吗？

> ［护士又是一头雾水，下场。

希　奥　（对利娅）我很后悔之前冲你发火……对不起。其实我对你本人没什么意见，我只是对你们这类人一向没什么好感。真正让我受打击的，是我没想到，你们居然真的结婚了。但我觉得你这个人还挺有意思的……之前是事情发生得太突然了，但现在我都想明白了。真的。（突然打住）你看《村声》吗？

利　娅　有时会看。

希　奥　前几年他们登过一篇奇怪的访谈，采访艾萨克·巴什维斯·辛格，那个小说家，你知道吗？采访他的是个女人，那女人说她的丈夫跟别的女人跑了，可她想不通为什么。然后辛格就说："可能他更喜欢她的小穴。"我当时都惊了，气得不行——要知道，他可是拿过诺贝尔奖的人啊；但现在我觉得他很有胆量，因为事实可能就是那样。胆量……胆量和直截了当，从来都是最重要的！

> ［护士上场，把裙子拿给希奥。

护　士　要我帮你穿上吗?

希　奥　(接过裙子,茫然地看了看,松手让裙子掉
在地上)我刚刚是叫你利娅还是菲尔特太太?

利　娅　我不算菲尔特太太。

希　奥　(礼节性地莞尔一笑)你也是菲尔特太太;反
正我们俩谁换了谁都一样,这大概是我们能奢望的
最好的结果了——谁说得准吃早饭时出现的会是哪
个菲尔特太太?(短暂停顿)你儿子还小,不能没
有爸爸。

利　娅　你说得……没错,但……

希　奥　那他就该跟你在一起,不是吗?我们现在都该
现实点。(对莱曼)以后你想来随时都可以来……
只要你有那个想法。

贝　茜　(对汤姆)她已经病糊涂了——起来,妈妈,
我们走吧。

希　奥　我没病。(对莱曼)告诉你,我也是可以说
"肏"的。我很不喜欢这个字,但她肯定也有接受
不了的东西。我可以说"肏我,莱曼""肏你,莱
曼",都无所谓。

〔莱曼被罪恶感压得说不出话。

贝　茜　（冲莱曼怒吼）你叫她走好吗？看在这么多年的情分上，给她留点尊严吧！

莱　曼　是啊。（小心谨慎地）她说得对，希奥，那样做是最好的……

希　奥　（对贝茜）可我在家里能把他伺候得更好。（对利娅）我没别的事可干，而你工作那么忙……

贝　茜　汤姆，能不能……

汤　姆　就让她把心里话都说出来吧。

希　奥　（对贝茜）从现在开始我想真实地活着——他完全有理由讨厌我。真的。除了挑他毛病，我还干过什么？（对利娅）你就不会挑他毛病，对吗？你就喜欢原原本本的他，哪怕现在也是，对吗？这就是秘诀，对不对？（对莱曼）我也可以做到。我可以不挑你的毛病……或者假装不挑……

贝　茜　我听不下去了，妈妈！

希　奥　可这就是生活，贝茜宝贝。你必须容忍——其实我心里一直都清楚他干了什么事。其实我们心底里什么都明白，不是吗？可日子总是要过的，宝贝——日子总是要过的……住在同一个屋檐下，睡在同一张床上。慢慢地就学会了容忍……这是好事，学会容忍……(发出一声怒吼)容忍，再容忍！

贝　茜　(担心妈妈)爸爸，求求你……叫她走吧！

莱　曼　可她说的都是事实！

利　娅　(突然爆发)可怜的女人！(对他)你真是个混蛋；但凡你当初说一句实话，今天这些事就都不会发生，你太卑鄙了！(对希奥)真的很抱歉，菲尔特太太……

希　奥　不不不……他是对的——他早就说过——我不敢相信生活！而你——你相信生活，所以你理应获胜。

利　娅　那都是谎话——我没有真心相信过他！没有！我心里一直都清楚，幸福的表面下有什么东西在蠢蠢欲动。现在整个儿反噬了。你要听实话，我他妈就跟你说实话，我打心底里就不想结婚！我就没见过有哪对夫妻是幸福的！你也用不着自责，是这套狗屁制度本来就行不通，从来都行不通……我明明清楚这点，还是脑子一热跳了进去，到死也想不通为什么！

莱　曼　要是当初你没跟我结婚，你就不会生下本杰明，这就是为什么。(她无言以对)没跟我结婚，你就不会有本尼，不会有这九年的幸福生活。我是混蛋，但我也帮你成为了你理想中的自己，而不是……(意识到自己失言，突然打住)算了，说这些又有什么用？

利　娅　别停啊，说下去——而不是什么？你到底帮我摆脱了什么水深火热的命运？

莱　曼　(应战)说就说……多亏了我，你不用再在激情过后一个人孤零零地洗澡，不用再忍受空洞乏味的枕边闲话，不用再在床头放一堆冷冰冰的避孕套……

利　娅　(气得说不出话)好啊！

莱　曼　我不想再被你指着鼻子骂了，利娅——我的无耻背叛也让你得到了好处！

希　奥　对一个女人说这种话太残忍了。

莱　曼　但事实就是残忍的，不然你们以为你们刚才说的是什么？残忍是因为它令人难堪，但事实一直都是令人难堪的，不然那就不是事实了！你容忍我是因为你爱我，亲爱的，但除此之外不也是因为我让你过上了好日子吗？难道这也有什么错吗？女人不也是人吗？人谁不爱荣华富贵？我不明白这有什么可耻的!

贝　茜　（对希奥和利娅）你们为什么还坐在这儿,你
　　　　们难道就没有一点自尊心吗!（对利娅)真让我
　　　　恶心!

利　娅　别站在道德制高点上说话了行吗?我跟他有生
　　　　意上的事要说,不说完我不能走——我都快要疯
　　　　了!你现在是要谴责我吗?

　　　　　[汤姆在一旁闭着眼,双手交叉紧握撑着头。

贝　茜　你就不该跟他共处一室!

利　娅　（不知如何是好)我刚刚不是已经解释过了吗?
　　　　你还想要怎样?

莱　曼　（带着哭腔,大喊)她想要她的爸爸回到她
　　　　身边!

贝　茜　你个王八蛋!（挥起拳头,然后无力地哭了)

莱　曼　我爱你——贝茜!——我爱你们每一个人!

贝　茜　你就该死!

莱　曼　你们都是最棒的!

　　　　　[贝茜号啕大哭。悲伤像一条泛滥无着的
　　　　　　河,先是淹没了莱曼;然后利娅也被泪
　　　　　　意席卷。最终希奥也被感染,无可奈何。

　　　　四个人无助地捂着脸。这场景活像一场
　　　　悲痛的葬礼。一群人都在哭丧，哭自身
　　　　的境遇，哭爱情的挫败，哭理性能力的
　　　　罄尽。汤姆背对着他们，双手紧握，闭
　　　　着眼睛，垂首祈祷。

莱　曼　（注意到希奥裸露的大腿）汤姆，拜托——帮
　　　　她把衣服穿好……（突然打住）天啊，你是在祈
　　　　祷吗？

汤　姆　（注视前方）不能再这样下去了。你们都不能
　　　　再继续爱他了，不然他会毁了你们。他是一根没有
　　　　尽头的孤弦，无牵无挂。

莱　曼　谁不是一根没有尽头的孤弦？现在还有谁会誓
　　　　死捍卫什么崇高的信仰——律师吗？你们怎么都在
　　　　胡说八道？

汤　姆　莱曼，希奥现在很需要帮助，为了避免冲突，
　　　　我应该没办法继续当你的代理律师了。

莱　曼　当然了，我不配。（大吼一声，透着失落和
　　　　缺乏沟通能力的笨拙）但我是个人，我自豪——
　　　　自豪，为我的辉煌成就和我的劣迹耻辱自豪！事
　　　　实，事实是神圣的！

汤　姆　（爆发）是么？好啊！那你会承认是你自己挪开了路障，把车开到冰面上去的对吧？事实就是这样，不是吗？

莱　曼　（瞬间犹豫）我没有要自杀——我不是在逃避！

汤　姆　你为什么觉得这算逃避？是你的羞耻心后来终于追上了——还是这事实太过于真实了？羞耻心是你最好的品德，拜托，你为什么要假装自己战胜了它？（突然打住，死心断念）希奥，我们随时可以走了。

莱　曼　（惊悟）等一下——求求你们。拜托，在你们走之前……我想告诉你们一件事。

贝　茜　（漠然不动地）妈妈？

　　　　　［她扶希奥起身。希奥的头仍在颤抖。她转身面向莱曼。

莱　曼　希奥，求你听我把话说完。我想起来发生了什么。

希　奥　莱曼，我已经半点心力都没有了。

　　　　　［贝茜搀着她往外走。利娅起身，似乎也要走。

莱　曼　求求你，利娅，就两分钟。我必须告诉你们！

利　娅　（神情闪烁)公司还有事……

莱　曼　（失控)利娅，你马上要把我的儿子从我这个一文不值的父亲身边带走了，就不能再给我两分钟吗？（停顿。他的语气里透着几分真挚纯朴，令其他人停下了脚步)我告诉你们我是怎么开上摩根山的路的。那天我给你打了好几个电话，利娅，想告诉你暴风雪太大我走不了，只能在豪生酒店住一晚……可你一直在通话中。然后我就去睡了，可过了一个多小时……电话……还在通话中！于是我去求接线员帮我插进线路，说有紧急情况，这时……（突然打住)我突然想起来你之前跟我说过的话……

利　娅　我那天在跟……

莱　曼　（突然暴怒)这不重要，我不是在指责你，也不是在替自己辩解，我只是在告诉你那天发生的事——拜托你让我说完！

利　娅　我在跟我哥哥打电话！

莱　曼　他在日本，你们打了一个多小时？

利　娅　他那个星期一刚回来。

莱　曼　这都不重要！

利　娅　这当然重要！

莱　曼　利娅，拜托你让我说完；我想起来你之前跟我
　　　　说过……"我可能会对你撒谎"，你还记得吗，最
　　　　早的时候？那时候只觉得美好……你竟然能这么坦
　　　　诚；可现在，我却躺在酒店的房间里，一点点
　　　　死去。

利　娅　我不想再听了！

　　　　　　　　　　　　　　　　　［希奥和贝茜往外走。

莱　曼　等等！求你们！最关键的我还没说！（他的语
　　　　气里透着从未有过的真诚，令母女俩停下了脚
　　　　步）我不想再撒谎了。真相很简单。（望着远处）我
　　　　仰躺在床上，外面大雪纷飞……风吹得窗子呼呼地
　　　　响——九年来的两地奔波在这一刻一下子变得那么
　　　　荒唐，那么可笑。我想不通自己为什么要那么干。
　　　　不知怎地，我忽然意识到自己什么都感觉不到
　　　　了……不管是对自己还是对别人……床上只剩下一
　　　　具尸体。然后我穿上衣服，坐进车子，一头冲进暴
　　　　风雪里。我也不知道——也许那一刻我是真的想死
　　　　吧，但其实我真正的想法是，利娅……假如凌晨两
　　　　三点我穿过漫天咆哮的暴风雪出现在你面前……也

许你就会相信我有多离不开你。我自己也会相信，然后我就能重新活过来。除非……（转身面向汤姆）我只是想结束一切。（对女人们）但我向你们发誓……现在我看着你们，希奥，利娅，还有你，贝茜……我感受到了过去从来没感受过的爱。但我明白我确实伤害了你们。还有一件事，我不希望最后留给你们的是一个谎言——实话是，在我灵魂某个痛苦、黑暗的角落，我还是不明白我为什么要受你们谴责。我祝你们幸福！（他无助地哭泣）

         〔贝茜拉过希奥转身要走。

希　奥　……宝贝，跟他说再见。

贝　茜　（泪水已经擦干；头脑清明了许多，用几乎不带感情的声音说道）爸爸，祝你早日康复。再见。

         〔她挽着妈妈的手——希奥不再抗拒，跟她一起走进暗光处。他转身面向利娅。

莱　曼　利娅，你想怎么骂我就怎么骂我……尽管来吧。

利　娅　我不知道以后我还能不能再相信什么事……相信什么人了。

莱　曼　不对。不是的——不是我害的!

[利娅放声大哭,冲了出去。

利娅! 利娅! 别说是我害的!

[但她已经走了。

汤　姆　我们改天再聊。

[他看见莱曼茫然的样子,便离开了。护
士从角落走向莱曼。

护　士　哪儿难受吗?

[他不回答。

吃了药会好受些,我去帮你拿。

莱　曼　别丢下我一个人,好吗——陪我坐一会儿。就
一会儿好吗?(他拍拍床垫。她走到床边但依然
站着)我想谢谢你,洛根,尤其要谢谢你给我的温
暖,我永远不会忘记。女人的温暖是这世上最后的
魔法,你就像一片阳光一样——跟我说说……你跟
你丈夫和儿子去冰湖上玩的时候……你们都聊些
什么?

护　士　……我想想啊……上回我们一家子去买了鞋,
就那家很大的卡纳普鞋业折扣店,你知道吧? 鞋子
不是全新的,但跟新的几乎没两样。

莱　曼　所以你们就聊了新买的鞋？

护　士　对啊，买得多划算啊。

莱　曼　哦。那……那一定很开心。虽然我不知道为什
　　　　么，但一定很开心。

护　士　我去去就来。（抬脚要走）

莱　曼　你讨厌我吗？

护　士　（为难地耸耸肩）不知道。这我得想想。

莱　曼　快点回来，啊？我还是有点……发抖。

　　　　　　　　　　　　　　　　〔她俯身亲吻他的额头。

你为什么亲我？

护　士　（耸耸肩）不为什么。

　　　　　　　　　　　　　　　　　　　　　　〔她下场。

莱　曼　（痛苦的脸上写满了惊疑和渴望，眼睛睁得
　　　　大大的，充满生气……）这一切都太神奇了！全
　　　　部都是！想象一下……他们一家三口一块儿坐在冰
　　　　湖上，聊他们的鞋子！（他哭了起来，但很快止
　　　　住）现在该体会孤独了。高兴一点吧。因为这是你
　　　　凭自己的本事赢来的，孩子。没错。你终于找到了
　　　　莱曼！所以……高兴一点！

　　　　　　　　　　　　　　　　　　　　　　〔收光。

演出说明

　　全剧随着莱曼·菲尔特的内心活动串联展开，既有现实中的场景，也有回忆和梦中的场景。因此舞台布景必须是开放式的，除剧本有特殊要求的情况外，场景变换应似行云流水一气呵成。

　　莱曼上下病床无需更换服装。即使穿着日常便服，只要用被子把头部以下的身体全部盖住，也足令观众想象此刻他穿着病号服。但在剧本有明确要求的场景中，他仍需换上病号服。

　　本剧本为一九九八年秋在纽约公共剧院公演的大卫·埃斯布恩森执导版的最终演出本。

图字：09‑2021‑902 号

图书在版编目(CIP)数据

　　驶下摩根山/(美) 阿瑟·米勒（Arthur Miller）
著；张悠悠译. —上海：上海译文出版社，2023.4
　(阿瑟·米勒作品系列)
　　书名原文：The Ride Down Mt. Morgan
　　ISBN 978‑7‑5327‑9183‑5

　　Ⅰ. ①驶… Ⅱ. ①阿…②张… Ⅲ. ①话剧—剧本—
美国—现代 Ⅳ. ①I712. 35

　　中国国家版本馆 CIP 数据核字(2023)第 062051 号

驶下摩根山	Arthur Miller	出版统筹 赵武平
	[美] 阿瑟·米勒 著	责任编辑 王　源
The Ride Down Mt. Morgan	张悠悠 译	装帧设计 周安迪
		封面插画 小肥鸡 Lia

上海译文出版社有限公司出版、发行
网址：www. yiwen. com. cn
201101 上海市闵行区号景路 159 弄 B 座
杭州宏雅印刷有限公司印刷

开本 787×1092　1/32　印张 5.25　插页 5　字数 53,000
2023 年 6 月第 1 版　2023 年 6 月第 1 次印刷

ISBN 978‑7‑5327‑9183‑5/I·5714
定价：55.00 元